KB112968

저항의 방식:
캐나다 현대 원주민 문학의 지평

저항의 방식

캐나다 현대 원주민 문학의 지평

오민석

살림

일러두기

- 국립국어원에 등재되어 있지 않은 외래어의 경우, 원 발음에 가깝게 표기했다.
- University는 U, Press는 P, University Press는 UP, Translator는 Tr., Editor는 Ed.로 축약하여 표기했다.

  예1: University of British Columbia ⟶ U of British Columbia

  예2: Minnesota Press ⟶ Minnesota P

  예3: Oxford University Press ⟶ Oxford UP

  예4: Translator Bennington, Geoff ⟶ Tr. Bennington, Geoff

  예5: Editor Cheryl Suzack ⟶ Ed. Cheryl Suzack

머리말
자기의 땅에서 유배당한 자들의 문학

제2차 세계대전 후 대부분의 피식민지 국가들이 해방되었다. 그러나 지금까지 수백 년 동안 식민 지배의 상태에서 신음하고 있으며 앞으로도 해방될 가능성이 거의 없는 인종이 있다. 바로 북미의 원주민이다. 이들은 북미대륙에 유럽인들이 선교사를 파견하기 시작했던 1600년대부터 서서히 식민화되기 시작해 미국과 캐나다라는 '국가'가 형성된 이후에는 '영속적인' 식민 상태에 빠져들었다. 광활한 북미대륙은 수천 년 전부터 그곳에 살던 원주민의 땅이었다. 이들은 그 땅 위에서 대대손손 자신들의 언어와 종교와 문화를 가꾸며 평화롭게 살았다.

그러나 유럽인들의 정복이 시작되면서 이들의 삶은 송두리째

초토화되었다. 이들은 자신들의 땅을 빼앗기고 자신들의 땅에서 유배당한 채 지금도 백인 주류 북미 사회에서 영원한 '주변인'으로 살고 있다. 탈식민화 혹은 민족 해방이 제국주의에 의해 침탈된 자신의 영토와 주권을 회복하는 것을 의미한다면, 이들이 앞으로 탈식민화나 해방을 성취할 가능성은 거의 없다. 이들은 자신의 영토와 주권을 빼앗긴 상태에서, 바로 자신들의 영토 안에서 철저하게 주변화된 삶을 강요당하고 있다는 점에서 '내적 식민지(internal colony)'의 민중들이다. 이들은 영속화된 식민지 안에서 인종 모순·계급 모순·성적 모순이라는 삼중의 굴레에서 신음하는 현대판 유배자다.

미국 원주민의 식민화 과정과 캐나다 원주민의 식민화 과정은 상당히 다르다. 미국이 주로 물리적 폭력·대량 학살의 과정을 통해 원주민을 말살했다면, 캐나다는 주로 문서상의 계약·조약·협약의 체결을 통해 원주민의 영토를 야금야금 차지하고 이들을 이른바 '보호구역(reserve)'으로 몰아냈다. 겉으로 보기에 캐나다의 원주민 정복과정이 상대적으로 훨씬 덜 폭력적이었던 것처럼 보이지만 내막은 그렇지 않다.

캐나다의 원주민 정복과정에서 가장 악랄했던 방법은 이른바 '기숙학교(residential school)' 시스템이었다. 1847년에서 시작해 최근 1996년까지 거의 150년에 걸쳐 시행된 기숙학교 제도는 한마디로 말해 유럽인이 캐나다 원주민을 '동화(同化)'하기 위해 만든 것이었다. 이들의 '동화' 작업은 크게 두 가지 명분에 의해 가동되었는데, 그것은 원주민을 기독교인으로 개종하는 것과, 이른바 '야만인(?)'에게 문명을 전달한다는 것이었다.

2008년에 기숙학교의 실상을 파헤치기 위해 만들어진 캐나다의 '진실과 화해 위원회(TRC: Truth and Reconciliation Commission)'의 마지막 보고서(2015)에 따르면, 백인들이 기숙학교를 만들어야 한다는 주장들의 근저에는 "스스로 문명화하지 못하는 야만인에게 정복자들(백인들)이 문명을 가져다주고 있다는 신념이 있었다. 이 '문명화 미션'은 바로 백인들의 인종적 그리고 문화적 우월성의 신념에 의존하고 있었다."

기숙학교는 시작 단계에서는 선택사항이었으나 '인디언 법령 (Indian Act)'이 개정된 1884년 이후에는 강제조항이어서 6~16세에 해당되는 캐나다 원주민의 자녀들은 강제로 가족으로부터 분리된 채 기숙학교에 수감되었다. 기숙학교들은 원주민 자녀들을 가족과 분리시키기 위해 대부분 원주민 주거지역에서 아주 멀리 떨어진 곳에 설치되었다. 일단 입교(入校)하면, 원주민 자녀들은 언어와 종교, 문화와 관습 등 자신의 정체성과 관련된 모든 것을 강제로 빼앗겼다. 쉽게 말해 기숙학교는 원주민 자녀들의 영혼을 백인들의 구미에 맞게 송두리째 '리셋'하는 제도였다.

곧 성년이 될 나이에 기숙학교에서 풀려난 원주민 청소년은 자신들의 보호구역에 복귀해도 부모를 포함한 동료 원주민과 정상적인 생활을 함께 영위할 수 없었다. 이들은 이미 영어와 기독교와 백인 문화 외에 자신의 언어·문화·전통도 모르는 존재로 철저하게 개조되었기 때문이다.

그렇다고 해서 이들을 백인 주류 사회가 받아주는 것도 아니었다. 기숙학교를 나온 원주민 청년들은 자신의 부족과 캐나다 주류 사회 양쪽에서 동시에 철저하게 소외된 상태에서, 마약과 알코올 중독·자살·각종 범죄 등에 노출된 채 황폐한 삶을 살지 않으면 안 되었다. 백인 제국주의의 '인종 개종학교'였던 기숙학교에서는 온갖 폭력과 범죄도 난무했다. 이들은 부족한 재원 때문에 늘 강제노동에 동원되었다. 엄한 규율·영양실조·비위생적 거주 환경과 그로 인한 질병, 기숙학교의 운명을 책임지고 있던 백인 성직자와 교사에 의한 구타와 무수한 성폭행에 시달려야 했다. 기숙학교 시스템에 의해 원주민의 유구한 역사와 전통, 세대 간의 연결과 연합은 심각하게 단절되어 원주민 공동체는 사실상 해체의 길로 접어들 수밖에 없었다.

문제는 수백 년 동안 이런 끔찍한 역사를 거치면서 지금도 수많은 원주민이 백인 주류 캐나다 사회에서 엄청난 고통을 감내하여 살아가고 있다는 사실이다. 2016년 인구조사에 따르면 캐나다 원주민 인구는 아직도 167만여 명에 이른다. 이들은 자신의 땅에서 유배당한 채, 영원히 오지 않을 확률이 높은 '해방'의 날을 기다리며 살고 있다. 지금도 수많은 원주민이 보호구역에서, 황량하고 어두운 도시의 뒷골목에서 대답 없는 미래와 씨름하며 괴로워하고 있다. 대대손손, 수백 년에 걸친 식민의 역사가 청산되지 않는 한, 이들에게 희망적인 미래는 없다. 그러나 안타깝게도 현재로서 캐나다 원주민의 탈식민화 가능성은 사실상 제로에 가깝다.

이 책은 이 불행한 역사의 결과물 속에서 분투하는 캐나다 '현대' 원주민 작가들의 문학작품을 소개하고 분석하는 것을 목적으로 한다. 여기에 소개된 작가들은 모두 캐나다 원주민 출신으로 현재 캐나다에서 활동하고 있는 시인·소설가이다. 이들의 작품을 통해 우리는 궁핍한 현실에 대한 문학적 대응의 다양한 방식을 생생하게 살펴볼 수 있을 것이다. 현대 캐나다 원주민 작가들은 전 세계의 다른 작가들과 하등 다를 바 없이 기존의 세계 문학사가 보여준 성과들을 학습하고 체험한 작가들이고, 그 토대 위에서 자신들의 문학을 전개시키고 있다는 점에서 우리의 새로운 주목을 요한다.

사실 모든 문학은 본질적으로 볼 때, 그 자체가 결핍의 현실에 대한 (예술적) 대응의 독특한 방식이다. 캐나다 원주민의 궁핍과 결핍의 강도는 역사적으로 유례를 찾아보기 힘든 것인데다가 현재 진행형이니만큼, 이런 현실에 대응하는 '문학적 방식'을 검토하는 일은 매우 흥미롭고도 유의미한 일이 아닐 수 없다.

그러나 안타깝게도 그 중요성에 비해 캐나다 원주민 문학에 대한 연구는 일천하기 짝이 없다. 국내의 영어권 문학 연구가 미국의 원주민 문학에 대해서는 가까스로 일정한 연구량을 축적하고 있지만, 현대 캐나다 원주민 문학에 대한 연구는 지금까지 내가 쓴 것을 제외하고는 단 한 편도 없다.

캐나다 원주민 문학에 대한 연구가 빈약하기로는 캐나다 내부에서도 마찬가지여서 현지에서 해당 작품들에 대한 기존 연구 모델들을 찾기도 매우 힘들다. 이런 점에서 이 책은 새로운 연구 영역을 여는 작은 열쇠와도 같다. 관심 있는 분들의 일독과 질정을 기다린다.

2019년 겨울의 초입에 먹실 산방에서

오민석

목차

제4장 경계와 헤게모니
리 매러클의 『레이븐송』

제5장 유배당한 자들의 서사전략
그리고 전복의 수사학

제1절 토머스 킹의 『캐나다 인디언의 짧은 역사』

제2절 토머스 킹의 『한 좋은 이야기, 그 이야기』

제1장

내적 식민지와 성의 정치학

비어트리스 컬리턴의
『에이프릴 레인트리를 찾아서』

비어트리스 컬리턴 Beatrice Culleton

컬리턴은 1949년 캐나다 매니토바주에서 태어났으며
메티스(métis: 백인과 원주민 사이의 혼혈인종) 출신이다. 1983년에 첫 소설
『에이프릴 레인트리를 찾아서(In Search of April Raintree)』를 발표했다.
이 작품은 백인 가정에 입양아로 들어가 성장하면서 서로 다른 삶을
살아간 두 원주민 자매의 비극적 이야기를 담고 있다. 2000년에 두 번째
소설 『악의 그늘 속에서(In a Shadow of Evil)』를 발표했다. 이 작품은 캐나다
로키산맥을 배경으로 백인 가정에 입양된 한 원주민 소녀의 트라우마를
다루고 있는데, 작가가 세 살 때 한 백인 성직자에게 당한 성추행
사건에서 영감을 받았다.
2009년에는 『와서 나와 함께 걷자: 회고록(Come Walk With Me: A Memoir)』을
통해 캐나다 원주민으로서 자신이 겪은 다양한 경험을 기록했다.

왜 원주민 문학[1]을 읽는가?

지금까지 국내의 영문학 연구는 주로 백인 주류 작가들의 작품이 주종을 이루었다. 간혹 '북미 인디언(North American Indian)'이라 불리는 인디언계 미국 작가들, 가령 알렌(Paula Gunn Allen), 모마데이(Navarre Scott Momaday), 실코(Leslie Marmon Silko) 등의 문학에 대한 연구가 없었던 것은 아니지만, 국내에서 이루어진 대부분의 인디언 문학 연구는 이들 작품이 가지고 있는 배타적 인디언 정체성, 즉 인디언 고유의 문화적 전통에 대한 강조로 집중되었다.

　인디언 문학에 대한 이와 같은 접근들은 인디언 문학을 알리고 소개하는 점에서는 의미가 있지만, 궁극적으로 인디언 문학을 박제화하며 문학사의 박물관에 가두어놓을 위험이 있다. 미국의 북미 인디언이건, 캐나다 원주민이건 간에 이들은 엄밀히 말해 우리와 동시대를 살고 있는, 한 사회와 국가의 당당한 구성원이지, 백인 지배계급의 인디언 분리정책에 따라 인디언 보호구역이라는 동물원에 갇혀 있어야 할 원숭이들이 아니다. 인디언 혹은 원주민 문학을 연구하면서 이들 고유의 문화와 전통의 특이성만을 강조하는 것은 이들을 동물원의 우리에 가두는 일이며, 이들을 21세기 후기자본주의를 함께 살아가는 인간으로 인정하기를 거부하는 것이다.

인디언 혹은 원주민은 백인 중심의 서양사회에 존재하는 수많은 소수 인종들 혹은 소수자(minority) 중의 하나이며, 다른 소수 인종들 혹은 소수 집단(minority group)이 처해 있는 것과 유사한, 인종적·성적·계급적 모순 속에 존재한다. 이들의 몸과 영혼은 넓게는 자본주의라는 거대한 기계 아래 놓여 있고, 구체적으로는 성적·인종적·계급적 모순의 문신들로 가득 차 있다. 이런 점에서 인디언·원주민 문학에 대한 연구는 이른바 '소수 문학(minority literature)' 연구의 한 갈래로서 충분히 그 가치가 있는 것이다.

이런 점에서 우리는 투른(Penny Van Toorn)이 "(캐나다) 원주민 작가에 의해 출판된 최초의 현대 소설"(Penny Van Toorn, p.37)이라 명명한, 비어트리스 컬리턴의 『에이프릴 레인트리를 찾아서』[2]를 주목하지 않을 수 없다. 컬리턴이 1983년에 발표한 이 소설은 백인 주류 캐나다 사회에서 살아가는 두 혼혈인(Métis) 자매, 즉 에이프릴(April Raintree)과 체릴(Cheryl Raintree)의 이야기를 다루고 있다. 자서전적 소설이라 불리는 이 작품에서 우리는 인종적 소수인 캐나다 원주민이 백인 주류 사회에서 겪어야 하는 고통과 절망을 명증한 리얼리즘의 문체를 통해 만날 수 있다.

에이프릴과 체릴은 정부의 사회복지 시스템에 의해 알코올 중독과 가난으로 인해 더 이상 이들을 양육할 능력이 없다고 판단된 부모로부터 강제로 분리되어 어린 나이에 고아원으로 보내졌다가 백인 가정에 입양된다. 입양 후 두 사람의 삶의 방식은 전혀 다르다. 백인의 외모를 가지고 있는 에이프릴은 백인 행세를 하며 자신의 원주민 정체성을 감추거나 부인하면서 살아간다.

이에 반해, 에이프릴의 동생인 체릴은 원주민으로서의 자신의 정체성을 오히려 자랑스럽게 생각하며 떳떳이 밝힐 뿐만 아니라, 인디언의 역사에 관한 책들을 통독하고 그에 관련된 글을 써서 학교에서 발표하기까지 한다. 그러나 자신의 정체성을 대하는 이 서로 다른 두 입장 혹은 태도는 소설이 후반부에 이를수록 점점 뒤바뀌기 시작한다. 이 소설이 넓은 의미에서 볼 때, 혼혈아의 자기 정체성 찾기의 주제로 읽히는 이유가 바로 이것이다.

이 소설은 원주민 혼혈아들의 자기 정체성 찾기라는 주제 말고도, "내적 식민지"라는 개념으로 분석 가능한 인종적 갈등의 문제,

사회의 하류계층을 구성하는 원주민이 처해 있는 계급적 모순을 다룬다. 그리고 이와 같은 인종·계급 모순과 항상 맞물려 있는 성적 모순의 문제 등, 소수자 문학과 관련된 넓은 주제들을 아우르고 있기 때문에 우리의 주목을 더욱 요구한다.

이 글은 컬리턴의 『레인트리』를 주로 내적 식민지, 판타지(fantasy) 그리고 성의 정치학이라는 키워드로 접근하되, 이를 통해 이 작품이 현대 사회에서 원주민 집단이 처해 있는 상황의 총체적 재현에 어떻게 도달하고 있는지 살펴볼 것이다.

내적 식민지의 풍경들

내적 식민지라는 개념은 원래 레닌(Vladimir Ilyich Lenin)의 제국주의론에서 발전해온 것으로, 제국주의가 한 국가(혹은 민족)가 다른 국가(혹은 민족)를 착취하고 지배하는 것을 의미한다면, 내적 식민지란 하나의 영토(국가) 안에 있는 어떤 정치적·경제적 중심(core)이 같은 영토(국가)에 있는 다른 주변부(periphery)를 착취하고 지배하는 것을 의미한다. 이를 이론화한 대표적인 논자로 우리는 헤처(Michael Hechter)를 들 수 있다. 헤처의 관심은 주로 영국 사회의 발전과정에서 일어난 정치·경제·사회 불균형을 주로 주변부에 속해 있는 켈트(Celt)족의 입장에서 다루고 있다(Michael Hetcher, *Internal Colonialism: The Celtic Fringe in British National Development*, 1975. 참조).

1980년대 이후 급속히 발전해오고 있는 탈식민주의(post-colonialism)의 논지들은 주로 한 민족에 의한 다른 민족의 착취와 억압을 다루고 있고, 특히 한 민족의 영토가 다른 민족에 의해 군사·정치·경제·문화적으로 유린되는 과정을 전제로 한다. 이런 의미에서 내적 식민지라는 개념은 현대의 탈식민 논자들이 즐겨 이야기하는 신식민주의(neo-colonialism)의 개념과도 다르다고 할 수 있다.

신식민주의론에서 착취와 억압의 원천이 단위 국가의 외부에 존재한다면, 내적 식민지에서 착취의 원천은 내부가 아니라 단위 국가의 내부에 있다. 또한 내적 식민지 개념은 인종주의(racism)와 유사하지만 다른 한편으로는 이와 구별되는 특징을 가지고 있다. 인종주의가 한 인종에 의한 다른 인종에 대한 차별·억압·편견을 이야기하는 것이라면, 내적 식민지는 그 외양은 유사하나 그와 같은 억압 과정에서 식민지 정복의 역사가 있고, 그것이 영속화된 현상이라는 점에서 일반적인 의미의 인종주의와도 구별된다. 이런 점에서 현대 원주민 문학의 분석에서 내적 식민지라는 개념은 매우 적절한 도구가 아닐 수 없다.

물론 이 용어는 아직까지 정교한 수준의 정의(定義)에 도달하지 못하고 있다. 가령 사회과학 영역에서 이 개념은 주로 한 국가 내부에서 지역·인종·종교·언어 차원에서 중심부에 의한 주변부에 대한 착취, 불균등 발전 등을 총칭하는 용어로 널리 사용되고 있다. 이렇게 되면 특정 지역이 국가 발전의 과정에서 소외되거나 불평등한 대우를 받을 경우에도 내적 식민지의 개념을 사용할 수 있는 것이다.

그러나 이와 같이 외연이 지나치게 넓은 정의는 정의로서 아무런 효용을 갖지 못한다. 그리하여 우리는 이 글에서 내적 식민지를 다음과 같이 한정된 개념으로 사용하고자 한다. 즉 내적 식민지란 한 민족(인종)에 의한 다른 민족(인종)에 대한 식민화의 역사가 영속화되면서, 하나의 국가·영토·사회 내부에서 자본과 권력을 독점한 식민 세력(인종)에 의해 피식민 세력(인종)이 지속적으로 착취당하고 억압당하는 현상과 공간을 가리킨다.

내적 식민지라는 개념을 이렇게 정의함으로써, 우리는 탈식민 담론을 민족 간, 영토 간 대결뿐만 아니라, 하나의 영토 안에서 영속화되고 고착화된 식민자(the colonizer)/피식민자(the colonized)의 관계로 백인/원주민 사이의 관계를 설명할 수 있게 된다. 이러한 입장은 원주민 문학을 박물관에 박제시키지 않고 당대의 살아 있는 현실로 읽게 해주며, 백인/원주민 사이의 관계를 영화 속에나 존재하는 먼 옛날의 이야기가 아니라, 엄연히 존재하는 사회적, 역사적 현실로 바라보게 해준다.

『레인트리』에는 유럽의 백인에 의해 캐나다의 원주민이 정복당한 과정에 대한 설명은 생략되어 있다. 그것은 다만 '지금, 이곳 (now, here)'의 원주민의 현실을 형성한 먼 뿌리에 지나지 않는다. 중요한 것은 현재다. 캐나다 원주민은 미국의 인디언에 비해 상대적으로 덜 폭력적인 과정에 의해 식민화되었지만, 이들의 현재는 미국의 인디언과 크게 다를 바 없다.

이 소설의 제1장은 24세가 된 에이프릴이 어린 시절을 회상하는 것으로 시작된다. 인디언-백인 사이의 혼혈 출신의 아버지와 어머니 사이에서 태어난 에이프릴과 그녀보다 18개월 어린 체릴은 매우 불우한 환경 속에서 성장한다. 어린 에이프릴은 정부에서 생활보조비가 나오는 날, 집안에서 엄마 아빠는 물론 원주민들이 모여 술을 마시고 난폭하게 노는 광경을 자주 목격한다. 에이프릴은 그때까지도 이들이 마시는 것이 술이라는 사실을 모른다. 그녀는 이들이 결핵 때문에 약(medicine)을 먹고 있다고 항상 착각한다.

나는 아빠가 결핵에 대해 말씀하시는 것을 듣곤 했다. 그리고 결핵이 아빠가 얻고자 했던 그 모든 것을 어떻게 빼앗아갔는지에 대해서도 들었다. 엄마와 아빠는 항상 이 약을 드시곤 했고, 나는 항상 그것이 결핵 때문이라고 생각했다.

I used to hear him talk about TB and how it had caused him

to lose everything he had worked for. Both my Mom and Dad always took this medicine and I always thought it was because of TB. (10쪽)

이 소설 속에 등장하는 수많은 판타지 가운데 첫 번째인 이 판타지는 이들의 부모가 자신들의 무능력하고 퇴폐적인 삶을 감추기 위해 만들어낸 것이다. 이들은 자신들이 생산한 판타지로 자신들의 병적인 삶을 자식들 앞에서 감추고 있다. 굳이 라캉(Jacques Lacan)을 빌리지 않더라도 이들에게 판타지는 사회적 거세(castration)로부터 자신을 방어하는 수단이자, 완벽한 타자(the Other) 속으로 자신을 숨김으로써 자신의 결핍(lack)을 위장하기 위한 가림막이다.

에이프릴의 집에서 원주민들은 술에 취해 소리지르고 서로 싸우며 난장판을 만든다. 어린 에이프릴은 이 소란에서 동생 체릴을 보호하기 위해 방에서 숨어 지내기 일쑤다. 어느 날 이 와중에 에이프릴은 화장실에 들어가려다가 변기에 앉아 술에 취한 채 자신의 물건("his thing")을 꺼내놓고 자위행위를 하는 남자를 목격한다. 그는 그 모습을 우연히 보고 있는 에이프릴을 향해 정액을 방사하지만, 자위행위를 알 리 없는 에이프릴은 그가 소변을 보고 있는 것으로 착각한다("he peed right in my direction")(14쪽).

집안 여기저기에 사람들이 쓰러져 자고 있고, 아버지도 늘 그러하듯이 차가운 마룻바닥에 술에 취해 옷을 입은 채 잠들어 있다. 부모의 침실로 들어가 전등 스위치를 켜니 침대 위에서 어머니는 발가벗은 채 다른 남자와 키스하고 있다. 컬리턴이 가감 없이 묘사한 이런 장면들은, 자신의 영토에서 유배당한 채 영속화된 식민화 상태 속에 있는 원주민들의 일상적인 삶의 풍경일 뿐이다.

그러나 이 모든 것들의 의미를 정확히 모르는 어린 에이프릴은 ("I tried to figure everything, but I couldn't it")(14쪽), (라캉의 표현을 빌리면) 일종의 "오인(誤認, méconnaissance)"상태에 있다. 이 오인 역시 일종의 판타지로서 역설적이게도 에이프릴 자매로 하여금 그나마 부모를 신뢰하는 아이들로 생존 가능케 한다. 엄마가 막내 안나(Anna)를 임신해 배가 불러올 때에도 에이프릴은 엄마가 몸이 아파 갈수록 뚱뚱해진다고 생각하는데(15쪽), 이것 역시 에이프릴이 그녀의 부모에 대해 가지고 있는 판타지 중 하나이다.

어린 에이프릴의 입장에서 볼 때, 이 세상에는 두 종류의 아이들이 존재한다. 하나는 갈색 피부에 지저분하고 더러운 옷을 입고 사는 아이들이고, 다른 아이들은 흰 피부에 파란 눈과 금발의, 늘 깨끗하고 신선해서 꽃을 연상케 하는 아이들이다. 어린 에이프릴은 같은 원주민인 전자의 아이들과 함께 놀고 싶어하지 않으며, 후자에 속한 아이들에게는 강한 시기심을 느끼곤 한다. 그런데 후자에 속하는 아이들은 늘 전자에 속하는 아이들과 어울리지 않으려 하며, 공원 같은 곳에서 만나면 전자의 집단에 속한 에이프릴 자매에게 소리를 지르고 야유를 보내곤 한다(16쪽). 이 두 부류의 아이들은 하나의 영토(내적 식민지) 속에 사는 적대적 두 집단을 상징한다. 에이프릴은 백인 주류 사회에서 생존하기 위해 이 소설이 끝날 때까지 자신과 피부색이 같은 후자의 편에 서서 자신의 혈통을 애써 감추고 부인하려 한다.

에이프릴 자매가 강제로 고아원에 보내졌을 때, 고아원에서 가장 먼저 이들에게 한 대접은 위생을 이유로 이들의 옷을 벗기고 긴 머리를 자르는 것이었다. 머리 깎기는 이 소설 속에서 이들이 주류 백인 사회로부터 당하는 최초의 폭력이다. 머리를 깎이면서 에이프릴은 과거에 어머니가 암탉을 잡아 깨끗하게 털을 뽑고 잡아먹던 것을 생각한다. 그러면서 왜 이런 일이 자신에게 벌어지는지 의아해한다(19쪽). 여기에서 백인들이 자매의 긴 머리를 자르는 행위는 원주민의 존재를 부정하고 무력화시키는 일종의 사회적 거세를 상징한다.

제4장에서도 체릴은 강제로 머리를 깎이는 수모를 당하는데, 그 이유는 학교에서 인디언의 역사를 왜곡하는 선생에게 체릴이 강력하게 항의했기 때문이다. 선생은 학생들에게 "인디언들이 용감한 백인 개척자들과 선교사들을 어떻게 고문했으며, 머리껍질

을 벗겼고, 학살했는지에 대해 책을 읽어준다("her teacher had been reading to the class how the Indians scalped, tortured, and massacred brave white explorers and missionaries")"(53쪽). 체릴은 이에 대해 그 책이 새빨간 거짓말이라 항의하고, 선생은 "그것은 거짓말이 아니라, 역사이다("They're not lies; this is history")"(53쪽)라고 응수한다.

체릴은 선생에게 "이것이 만일 역사라면, 어떻게 그렇게 많은 인디언들이 멸종되었지요? 왜 인디언은 더 이상 자신의 영토를 갖고 있지 못한가요? (……) 당신의 역사책들은 백인들이 어떻게 인디언들의 삶의 방식을 파괴했는지를 설명하고 있지 않아요. 당신 같은 백인들이 할 수 있는 일이란 고작해야 당신들이 한 짓들을 숨기기 위해 엄청난 거짓말을 하는 것밖에 없어요!("If this is history, how come so many Indian tribes were wiped out? How come they haven't got their land anymore? (……) Your history books don't say how the white people destroyed the Indian way of life. That's all you white people can do is teach a bunch of lies to cover your own tracks!")"(54쪽)라고 항의한다.

양어머니 드로지어 부인(Mrs. DeRosier)은 이와 같은 항의의 대가로 체릴에게 징벌을 가한다. 그 징벌은 저녁을 굶기고 다른 식구들이 식사한 후에 설거지를 하는 것과, 체릴이 그렇게 자부심을 가지고 있었고 영광스럽게 생각했던 긴 머리를 거의 남기지 않고 짧게 잘라버리는 것이었다("Cheryl's long hair had been her pride and glory. Had been her pride and glory. There was hardly any left, and it was cut in stubbles")(55쪽).

내적 식민지가 일반적인 의미의 인종주의보다 훨씬 더 가혹한 것은 그것이 식민화의 '역사적' 과정을 통해 더욱 노골적이고도 직접적인 폭력에 의해 정교해지고 공고해졌기 때문이다. 가령 인종주의의 경우 (극단적인 경우를 제외하면) 일반적으로 인디언 보호구역과 같은 체제를 동원한 노골적인 분리정책에 의해 가동되지 않는다. 그러나 내적 식민지의 경우에는 식민화 정책을 통해 가장 폭력적인 분리정책이 매우 노골적으로 행해진다. 여기에서 "노골적"이라는 말은 그것이 항상 법제화를 동원한다는 의미이기도 하다.

캐나다의 경우, 1952년에 발효된 인디언 법령과 1985년에 개악된 C-31법안(Bill C-31) 같은 것들이 좋은 예이다. 이와 같은 공간적·문화적 분리는 내적 식민지의 피식민자들로 하여금 한 사회의 구성원으로서 정상적으로 살아갈 수 있는 모든 기회를 제도적으로 박탈할 뿐만 아니라, 이들을 보호구역이라는 사회적 감옥에 오랜 기간 가두어둠으로써 사회적 불구자로 만들어버리는 것이다.

여러 가지 법적 조항들이 개선되면서 과거의 보호구역들은 점차 사라지고, 백인 주류 사회 속에 들어와 살고 있는 원주민의 숫자가 급격하게 늘고 있다. 하지만 원주민들은 백인 주류 속에서 생존하는 방법을 알지 못한다. 『레인트리』에서 묘사되는 원주민의 삶의 풍경은 바로 이와 같은 내적 식민지 안에 존재하는 원주민의 혼란스런 삶의 한 전형이다.

피부와 가면 그리고 판타지들

파농(Frantz Fanon)은 그의 『검은 피부, 흰 가면들(*Black Skin, White Masks*)』에서 "이른바 흑인의 영혼이라는 것도, (따지고 보면) 백인들이 만들어낸 것이다(Frantz Fanon, p.14)"라고 말하고 있는데, 여기에서 "만들어낸 것"이란 백인들이 흑인들을 지배하기 위해 꾸며낸, 흑인에 대한 판타지를 의미하는 것이다. 이것이 판타지인 이유는 그것이 현실 혹은 사실과 다르기 때문이다. 앞에서도 이야기했지만, 이런 의미에서 판타지는 일종의 방어기제이다. 그리고 이러한 종류의 모든 판타지의 이면에는 사회적 거세 불안(castration anxiety)이 내재해 있다.

문제는 파농이 위의 저서에서 잘 지적하고 있듯이 이와 같은 판타지가 사실은 식민자뿐만 아니라 피식민자까지 양쪽에서 동시에 가동된다는 것이다. 판타지에는 모순된 욕망이 환유적으로 중첩되어 있다.

가령 프랑스 식민지였던 알제리의 흑인은 한편으로는 압제자인 백인을 증오하면서, 다른 한편으로는 백인의 상태를 선망한다. 파농의 표현을 빌리면, 이들은 검은 피부를 가지고 있으면서, 흰 가면을 쓰고 싶어하는 것이다. 식민지 알제리의 백인 여성들은 흑인 남성들을 야만인이라고 혐오하면서도 다른 한편으로는 흑인 남성을 섹스의 상징으로 간주하고 이들에게 강간당하고 싶은 욕망에 시달린다. 백인 남성이 흑인들을 동물 취급하면서도 다른 한편으로는 성적 열등감에 시달리는 것도 이와 같은 맥락에서이다.

이렇게 보면 식민 상태는 식민자/피식민자 쌍방에서 생산하는 분열증적 판타지의 매개 없이는 존재할 수 없다. 그렇다면 내적 식민지의 전형을 보여주고 있는 『레인트리』에서는 어떤 형태의 판타지들이 존재하는가.

우리는 먼저 주류 백인 사회가 원주민에 대해 가지고 있는 판타지에 주목할 필요가 있다. 이 소설 속에 등장하는 사회복지사 셈플 여사(Mrs. Semple)가 에이프릴 자매에게 하는 충고를 보면 우리는 주류 백인 사회가 원주민에 대해 갖고 있는 판타지가 무엇인지 쉽게 알 수 있다. 셈플 여사에 의해 이른바 "원주민 여자 증후군

(native girl syndrome)"이라 명명되는 다음의 내용은 백인 사회가 원주민을 바라볼 때 가동되는 판타지를 정확하게 요약하고 있다.

너희 여자 애들은 다 그 길로 가게 되어 있어. 처음에는 싸움질이나 (입양한 집에서) 도망치기 그리고 거짓말을 하는 것에서 시작하지. 그다음에 세상 사람들이 다 너희들을 반대한다고 비난을 해대는 거야. 너희들에게는 묘하게도 침울하고도 비협조적인 침묵, 어떤 낙담 같은 것들이 있어. 그러다가 독립하게 되면 바로 아이를 배거나 아니면 일자리를 찾지도 못하고 설사 일자리를 얻어도 그걸 유지하지 못하지. 그렇게 되면 너희들은 이제 술과 마약을 시작하게 될 거야. 그러면서부터 가게에서 도둑질을 하거나 몸을 파는 일을 하게 될 거고 그러다보면 감옥을 들랑거리게 되지. 너희들은 너희들에게 함부로 하는 남자들과 살게 될 거야. 계속 그런 식인 거지. 그러다가 끝내는 너희 부모들처럼 사회를 등지게 될 거야. (······) 이제 너희들은 다른 많은 원주민 소녀들처럼 같은 길을 가게 될 거야.

and you girls are headed in that direction. It starts out with the fighting, the running away, the lies. Next come the accusations that everyone in the world is against you. There are the sullen, uncooperative silences, the feeling sorry for yourselves. And when you go on your own, you get pregnant right away, or you can't find or keep jobs. So you'll start with alcohol and drugs. From there, you get into shoplifting and prostitution, and in and out of jails. You'll live with men who abuse you. And on it goes. You'll end up like your parents, living off society. (……) Now, you're going the same route as many other native girls. (62쪽)

백인들은 원주민 여성들을 바라볼 때 위와 같은 판타지의 색안경을 끼고 바라보며, 이와 같은 판타지들은 원주민을 대하는 이들의 비윤리적인 태도를 합리화해준다. 셈플 여사는 이와 같은 판타지를 가지고 있는 전형적인 인물로 에이프릴 자매의 모든 정당한 주장을 "원주민 여자 증후군"이라는 판타지로 묵살하고 왜곡한다. 셈플 여사의 이름 'Semple'이 '표본(전형)'을 뜻하는 'Sample'과 음성적 유사성을 가지고 있음을 유의하라. 그리하여 아무런 잘못이 없는 어린 에이프릴을 양아버지인 드로지어 씨(Mr. DeRosier)와 의붓형제인 레이몬드(Raymond), 길버트(Gilbert)와 성적으로 놀아난다고 생각하는가 하면, 인디언의 역사를 왜곡하는 선생에게 정당한 항의를 하는 체릴의 행동도 틈만 나면 사고를 치는 "원주민 여자"들의 전형적인 "증후군"이라고 간주하는 것이다.

물론 이 소설에 등장하는 모든 백인이 이런 태도를 가지고 있는 것은 아니다. 가령 체릴이 드로지어의 집에서 쫓겨난 후 쫓겨난 체릴을 다시 입양한 스탕달 씨(Mr. Stendall)의 경우에는, 체릴의 인디언 정체성을 존중해줄 뿐만 아니라 체릴로 하여금 인디언 정체성에 대해 오히려 자부심을 갖도록 적극적으로 도와준다. 내적 식민지 안의 식민자들 사이에 존재하는 이와 같은 개인차를 부인할 수는 없다. 그러나 셈플 여사가 가지고 있는 입장은 개인 단위가 아니라 내적 식민지라는 사회적 기계 안에서 백인이라는 중심 권력집단이 가지고 있는 '사회적·정치적' 역할과 기능을 극명하게 보여준다.

이와 같은 판타지는 물론 가해자인 식민자만의 소유는 아니다. 이 소설에서 내적 식민지의 사회적 피해자인 피식민자의 역할을 하는 에이프릴과 체릴에게도 '생존'을 위한 판타지가 있기는 마찬가지이다. 에이프릴은 혼혈아이면서도 백인과 유사한 피부색을 가지고 있다. 에이프릴은 어려서부터 원주민 혼혈아로서의 자신의 정체성을 부정하고 백인으로서 살아가기로 결심한다. 제7장에서 10학년을 마친 에이프릴은 친구들에게 자신이 백인이며 비행기 충돌사고로 부모님을 잃고 지금은 어린이 복지재단의 도움을 살아가고 있다고 거짓말한다.

에이프릴이 이와 같은 거짓말을 하는 것은 백인 지배 사회에서 자신이 거세당할 것을 깊이 두려워하고 있기 때문이다. 이런 점에서 에이프릴이 가지고 있는 백인 판타지는 궁극적으로 백인이 항상 승리하는 사회(White superiority had conquered in the end)(87쪽)에서 살아남기 위한 고육지책이라고 할 수 있다. 에이프릴은 성장과정에서 그리고 어른이 된 이후에도 원주민들을 멀리하고 주로 백인들과 사귀며 백인 회사에 다니고 (결국에는 이혼하고 말지만) 백인과 결혼한다.

그러나 그녀의 백인 판타지는 체릴과의 관계를 통해 이 소설이 끝날 때까지 끊임없이 위협당한다. 체릴은 원주민 정체성을 감추려는 에이프릴의 판타지에 수많은 균열을 만들면서 그녀의 판타지가 궁극적인 의미에서 백일몽에 불과하다는 사실을 각인시켜나간다. 에이프릴은 체릴과 대화하거나 논쟁하면서 때로는 극심한 열등감을 느끼고, 다른 한편으로는 원주민 정체성을 당당히 밝히는 동생 체릴을 자랑스러워하기도 한다.

이 소설의 말미에서 체릴이 자살한 후 에이프릴이 체릴이 남기고 간 어린 아들을 맡아 키우기로 결심하면서 원주민으로서 자신의 정체성을 비로소 회복하는 것은, 진정한 의미의 (이 소설의 제목이기도 한) "에이프릴 레인트리 찾기"가 궁극적으로는 분열적 백인 판타지에서 벗어남으로써만 가능하다는 것을 역설적으로 보여준다.

에이프릴이 백인 중심 사회에서의 생존을 위해 백인의 가면을 썼다면 그리고 마침내 그 가면을 벗어버렸다면, 체릴은 에이프릴과는 정반대의 길을 간다. 체릴은 흰 피부를 가진 언니 에이프릴과는 달리, 누가 보아도 원주민 혼혈아임을 알 수 있는 검은 머리와 갈색 피부를 가지고 있다. 그러나 체릴은 (언니와는 달리) 어려서부터 자신의 정체성을 당당히 밝히고 궁극적으로 원주민 공동체를 위해 평생을 바칠 것을 결심한다. 이 과정에는 물론 체릴의 원주민 정체성을 존중해주는 양부모의 역할도 있었지만, 에이프릴을 통해 형성된 친부모에 대한 판타지가 사실은 더 중요한 역할을한다. 에이프릴이 하는 다음과 같은 말은 내용은 서로 다르지만 에이프릴이나 체릴이나 결국은 각각 자신들이 갖고 있는 판타지에 기대어 살고 있음을 보여준다.

"아, 맞아, 체릴도 한때는 자신을 위로할 만한 어떤 판타지를 가졌던 거야, 그리고 지금 난 나 자신의 판타지를 가졌던 거고."

"Oh, well, Cheryl once had a fantasy which comforted her, and now I had mine." (98쪽)

체릴이 학교에서 원주민 영웅들의 이야기를 글로 써서 발표한다거나, 인디언의 역사를 열심히 연구한다거나, 원주민 센터에 나가 자원봉사자로서 헌신적으로 일을 하며 또한 대학에 진학하고 졸업한 후 원주민 공동체를 위해 일할 결심을 하는 이 모든 (긍정적·이상적) 행위의 배후에는 "체릴을 위로했던 어떤 판타지(a fantasy which comforted her)"가 존재한다. 그 판타지는 다름 아닌 부모에 대한 것이었다. 고아원에 맡겨지고 여러 입양 집안들을 거치면서 에이프릴은 동생 체릴을 위로하기 위해 자신의 부모에 대해 좋은 쪽으로만 편향적인 정보를 제공한다. 이는 물론 체릴을 위해서였지만 체릴은 덕분에 자신의 부모를 포함한 원주민의 사회적 실상을 상당 부분 오인하게 되고, 특히 알코올 중독자인 부모에 대해서 터무니없는 판타지를 갖게 된다.

드로지어의 집에서 쫓겨나와 스탕달의 집에서 기거하게 된 체릴을 만나 함께 캠핑을 하면서 두 자매가 나누는 대화를 통해, 우리는 체릴이 갖고 있는 판타지가 사실상 거의 백일몽(daydream)에 가까운 것임을 알게 된다.

"음, 엄마, 아빠가 몸이 나아서 우리를 다시 집으로 데려가면, 우리 식구들이 브리티시컬럼비아주의 로키산맥으로 이사를 가서 옛날 인디언처럼 살 수 있을 거라고 생각하곤 했어. 호숫가에 큰 벽난로가 있는 우리만의 통나무집을 짓고 살 수 있을 거라고 말이지. 그러면 아마 전기도 필요 없을 거야. 엄청나게 많은 책도

가질 수 있겠지. 강아지와 말도 키우고 야생동물과 친구가 되면서 말이야. 우리는 낚시도 가고 사냥도 하고, 우리만의 정원도 가꾸고, 겨울이면 장작을 팰 수 있을 거라고 말이야. 그러면 우리를 항상 기죽이려 애쓰는 사람들을 만나지 않아도 되고. 우린 행복할 수 있을 텐데. 에이프릴, 이게 도대체 가능할 거라고 생각해?"

"체릴, 아름다운 꿈이구나."

"Well, I used to think that when Mom and Dad got better and took us back, we could move to the B.C. Rockies and live like olden-day Indians. We'd live near a lake, and we'd build our own log cabin with a big fireplace. And we wouldn't have electricity, probably. We'd have lots and lots of books. We'd have dogs and horses, and we'd make friends with the wild animals. We'd go fishing and hunting, grow our own garden, and chop our wood for winter. And we wouldn't meet people who were always trying to put us down. We'd be so happy. Do you think that ever be possible, April?"

"It's a beautiful dream, Cheryl." (83쪽)

체릴은 위에서 말한 삶이 가능할 것 같으냐고 되묻는 에이프릴의 질문에 "아마도 가능할 거야. 우리 부모님도 아마 우리를 다시 보기 시작할 거고 말이지. 그렇지만 이 모든 것은 그분들께 달려 있지(Maybe. Maybe our parents might start coming to see us again. But it all depends on them)"(83쪽)라고 대답한다. 우리는 위에 인용한 부분에서 드러나는 체릴의 판타지가 사실은 "엄마, 아빠가 몸이 나아서 우리를 다시 집으로 데려가면"이라는 가정법 구문으로 이루어져 있으며, 체릴의 모든 판타지가 사실은 "그분들(부모)께 달려 있다"는 사실을 알 수 있다. 체릴의 판타지는 부모 특히 아버지에 대한 환상에 그 토대를 두고 있는 것이다. 이는 에이프릴에게 하는 체릴의 다음과 전언을 통해 극명하게 드러난다.

"나는 항상 아빠를 강한 사람이라고 생각해. 아빠가 만일 순수한 인디언 혈통이었더라면, 옛날 같으면 아마도 추장이나 전사이셨을 거야."

"I always think of Dad as a strong man. He would have been a chief or a warrior in the olden days, if he had been pure Indian."(83쪽)

체릴은 에이프릴의 백인 남편인 밥(Bob)의 집에서 에이프릴과 자신들의 정체성에 관련된 말싸움을 하다가 우연히 에이프릴이 그동안 자신 몰래 부모를 찾아다녔다는 것과, 확인 결과 부모가 자신이 생각했던 것과는 정반대로, 셈플 여사가 말한바 "원주민 (여자) 증후군"의 전형적인 삶을 살고 있다는 사실을 알게 된다. 원주민 센터에서 사회복지사로 헌신하기 위해 대학까지 휴학했던 체릴은 결국 나중에 아버지를 찾게 되고 아버지가 알코올 중독자로서 폐인의 삶을 살고 있고, 어머니는 오래전에 루이교(Louis Bridge)에서 투신자살을 했다는 사실도 알게 된다.

원주민 정체성을 당당히 밝히고 원주민 공동체를 위해 평생 헌신하려던 체릴의 계획은 이렇게 해서 서서히 수포로 돌아가기 시작한다. 체릴은 깨진 판타지에서 헤어나지 못하며, 점점 더 심하게 알코올에 빠져들고, 나중에는 거리에서 몸을 팔아 아버지의 술값을 대는 창녀로 전락한다. 가장 당당한 삶을 살았던 그녀가 역설적이게도 "원주민 (여자) 증후군"의 가장 전형적인 삶을 살고 마는 것이다.

언니 에이프릴이 자신(체릴)으로 오해되어 강간당한 사건이 벌어진 후, 또 그 과정을 통해 자신이 알코올 중독자에다가 창녀라는 사실이 에이프릴에게 밝혀진 후, 체릴은 결국 어린 아들(Henry Liberty Raintree)을 남기고 자신의 어머니가 자살했던 루이교에서 자신도 몸을 던져 생을 마감한다.

에이프릴에게 남긴 유서에서 그녀는 "우리 모두는 생존본능을 가지고 있어. 그런데 만일 그 본능이 사라지면, 그때 죽는 것이지(We all have the instinct to survive. If that instinct is gone, then we die)"(207쪽)라고 말한다. 그녀의 생존본능은 결국 아버지에 대한, 나아가 위대한 원주민 문화의 전통에 대한 판타지였던 것이다. 그런데 그것이 사라지자 그녀는 죽을 수밖에 없었던 것이다.

성의 정치학

내적 식민지를 구성하는 또 하나의 항목은 바로 성애(sexuality)의 문제이다. 내적 식민화(internal colonialization)가 근본적으로 정치적인 범주의 문제라면(Julia V. Emberley, p.18), 이와 같은 정치성은 내적 식민지 안에서 항상 성의 문제와 연루된다. 이런 점에서 성과 정치성은 불가분의 관계를 가지고 있다. 『레인트리』에서 역시 에이프릴과 체릴은 계급적·인종적 모순 외에 성적 모순과 늘 직면해 있다.

제11장은 이와 같은 상황의 가장 극단적인 단면을 보여준다. 에이프릴은 병원에 입원해 있는 체릴의 집에 그녀의 짐을 가지러 갔다가, 세 명의 백인들로부터 강간당한다. 무려 6쪽에 걸쳐 묘사되 .

는 강간의 생생한 장면은 이 소설의 압권이다. 이 강간 장면 안에는 내적 식민지 안에서 여성 피식민자들이 당하는 성적 수모과 모멸과 억압이 가장 극단적인 형태로 표현되어 있다.

컬리턴이 원주민 청소년들을 위해 『에이프릴 레인트리를 찾아서(*In Search of April Raintree*)』(1983)의 개작을 요청받아 다시 쓴 『에이프릴 레인트리(*April Raintree*)』(1984)에는 이 강간 장면이 대폭 완화된 상태로 묘사되어 있다. 커밍(Peter Cumming)은 후자가 청소년 독자들을 위해 전자의 선정성을 약화시켰다고는 하나, 그 의도가 아무리 훌륭한 것이었다고 해도 그것이 또 다른 선정성, 즉 부정직(dishonesty)이라는 선정성을 초래했다고 맹렬히 비난한다(Peter Cumming, p.307).

커밍의 주장처럼 『레인트리』(1983)에 나오는 강간 장면은 이 소설에서 가장 중요한 부분을 차지하며, 따라서 이 장면을 삭제하거나 약화시키는 것은 이 소설을 개작의 이름으로 다시 "강간"하는 것이나 다름없다(Peter Cumming, p.307). 컬리턴은 의도적으로 이 장면을 잔인할 정도로 명증하고 정직하게 재현함으로써 내적 식민지의 공간에서 발생되는 성적 폭력을 가장 극렬하게 보여주고 있는 것이다.

문제는 에이프릴에 대한 백인들의 성폭력이 에이프릴을 체릴로 오해한 데서 비롯되었다는 것이다. 강간범들은 강간 도중 에이프릴을 반복해서 "원주민 계집(squaw)"이라고 부르는데, 이들에게 "원주민 계집"은 (원주민 여성이라는 이유만으로) 강간의 자연스런 대상으로 인식되어 있다. 내적 식민지라는 사회적 기계 안에서 "원주민 계집"에 대한 성적 학대는 부도덕한 백인들의 당연한 권리인 것이다. 에이프릴은, 피부색이 하얀 자신이 "인디언 혼혈아(part-Indian)"(128쪽)라는 사실을 이들이 어떻게 알았는지 매우 당황해하면서, 속수무책으로, 무력한 동물처럼 길고도 긴 윤간(輪姦)의 치욕적 시간을 겪게 된다. 어린 시절부터 백인이라는 판타지, 가면을 쓰고 살아온 그녀의 판타지는 백인 식민자의 무차별적 폭력 앞에서 철저하게 파괴되고 무너진다.

강간을 당한 후 경찰조사를 받고 집으로 돌아온 후에도 에이프릴은 강간의 외상(trauma)을 없애기 위해 몸을 씻고 또 씻는 일종의 "제의적 목욕(ritual bath)"(164쪽)을 계속 반복하는데, 수사과정에서 강간범들이 자신을 체릴로 오인해 강간했다는 사실을 알고 나서 제의적 목욕을 중단한다(For some reason, I didn't feel the urgent need for the ritual bath that night)(167쪽). 그녀는 이 대목에서 자신이 강간당한 것이 아니라 사실은 체릴이 강간당했다고 생각한다. 그녀는 여성으로서 가장 처참한 외상을 당한 후조차 오로지 백인 판타지를 회복함으로써 그 외상에서 벗어나고자 하는 것이다.

'세부 묘사의 잔인한 진실성'을 통해 이 소설의 강간사건에서 가장 극렬하게 표현되듯이, 내적 식민지의 정치학은 피식민지 여성들에게 항상 성의 정치학으로 가동된다. 가령 드로지어 씨의 집에서 생활할 때에도 에이프릴은 사회복지사와 드로지어 부인의 협공을 통해 양아버지인 드로지어와 그의 아들들을 성적으로 위협하는 '더러운' 매춘부로 왜곡된다. 셈플 여사가 말한 "원주민 여자 증후군"의 귀결이 항상 매춘으로 연결되는 것 역시, 내적 식민지라는 공간이 정치학을 어떻게 성의 정치학으로 전치(displacement)시키는지를 보여주는 좋은 예인 것이다.

희생제의, 판타지를 버리며

이 소설은 결국 에이프릴의 자기 정체성 찾기로 귀결되는데, 에이프릴이 자신의 정체성을 찾는 것은 궁극적으로 백인 판타지를 버림에 의해서만 가능하다. 그리고 이 가면 버리기는 동생 체릴의 자살이라는 엄청난 대가를 통해서 성취된다. 이런 점에서 체릴의 죽음은 에이프릴의 자기 찾기를 위한 희생 제의이다.

내가 체릴의 죽음을 통해 나 자신의 정체성을 받아들이게 된 것은 비극이었다. 그러나, 아니지, 체릴은 언젠가 말하지 않았던가, "모든 삶은 죽어서 새로운 삶을 낳는다"라고.

It was tragic that it had taken Cheryl's death to bring me to accept my identity. But, no, Chryl had once said, "All life dies to give new life." (207쪽)

체릴이 죽은 후 체릴이 남긴 일기장을 보면서 에이프릴은 알 수 없는 분노와 당혹스러움을 느끼게 되는데, 그것은 체릴이나 다른 사람을 향한 것이 아니었다. 그것은 바로 백인의 가면을 쓰고 살아온 자기 자신의 삶의 방식을 향한 것이었다(I guess the anger was for me. For being the way I was)(205쪽). 에이프릴이 자기 자신에 대한 소극적 분노에서 벗어나 자신의 정체성을 스스로 인정해나가는 가장 중요한 계기는, 체릴의 죽음뿐만 아니라 또한 체릴이 남긴 아기인 헨리 리버티 레인트리(Henry Liberty Raintree)이다. 체릴은 일종의 희생제의의 과정을 거쳐 죽었지만, 체릴의 아기는 "체릴의 일부(A part of Cheryl)"(205쪽)로 여전히 남아 에이프릴의 원주민 정체성으로 이어진다. 이런 점에서 체릴의 아기는 그 이름에서 암시되어 있듯이, 레인트리에게 진정한 "자유(Liberty)"를 선물하는 매개가 아닐 수 없다. 그리하여 에이프릴이 체릴의 죽음과 체릴의 아기 "리버티"를 통해 자신의 진정한 정체성을 회복한 후 만나는 자연은, 환희와 희망으로 가득 차 있다.

태양이, 황금빛 오렌지와도 같은 불의 공이 이제 막 떠오르기 시작하고 있었다. ……새들이 그들의 창조주를 찬미하는 아침 노래를 막 부르기 시작하고 있었다.

The sun, a golden orange ball of fire, was just beginning to rise. ……The birds were just beginning to sing their morning praises to their Creator. (206쪽)

이 소설의 마지막은 에이프릴이 체릴의 아기, 리버티를 응시하면서, 전날 밤 아기를 보호하고 있던 원주민들(Nancy 가족)과 나눈 대화에서 자신도 모르게 "*내 민족, 우리 민족*(MY PEOPLE, OUR PEOPLE)"(207쪽)이라는 말을 한 자신을 회상하며, "내 동생과 그녀의 아들을 위해. 부모를 위해. 내 민족을 위해(For my sister and her son. For my parents. For my people)"(207쪽) 살겠다는 다짐을 하는 것으로 끝난다. 적어도 내적 식민지의 피식민자의 시각에서 보면, 이들을 진정으로 해방시켜주는 것은 백인이라는 남근 선망(penis envy)의 판타지에서 벗어나 자기 자신으로 돌아가는 것밖에 없으며, 그것이 분열된 가면에서 자신을 구하는 유일한 길임을 이 소설은 잘 보여주고 있다.

『레인트리』를 살리는 또 하나의 힘은 이 소설이 놀라울 정도로 투명한 리얼리즘의 성취에 도달하고 있다는 것이다. 이 소설은 가능한 한 모든 수사와 장식을 버리고 객관 현실을 있는 그대로, 잔인할 정도로 생생하게 재현하는 데 성공하고 있다.

혹자는 이 작품의 지나치게 투명한 담론방식에 대해 미적 기교의 부재(artlessness)라는 혐의를 뒤집어씌우기도 하지만, 이 소설이 가지고 있는 "담론의 투명성(Discursive Transparency)"(Helen Hoy, p.273)은 이 소설이 가지고 있는 여러 성취 중 하나라는 주장도 있다(Helen Hoy, p.289). 호이의 주장에 따르면, 이 소설이 가지고 있는 투명성 뒤에는 다양한 미적 기교가 숨겨져 있다는 것이다.

이 소설이 동원하고 있는 다양한 서술전략에 대한 분석은 아쉽게도 다른 지면의 몫이 될 것 같다.

제2장

문화적 파시즘과 소수문학

메릴린 듀몬트의
『진짜 착한 갈색 소녀』

메릴린 듀몬트 Marilyn Dumont

듀몬트는 1955년 캐나다 앨버타주에서 태어났으며 크리(cree: 캐나다
원주민 퍼스트 네이션스 부족)와 메티스 출신의 시인이고 교육자이며,
브리티시컬럼비아 대학교(U of British Columbia)에서 예술학 석사학위를
받았다. 그녀는 가브리엘 듀몬트(Gabriel Dumont, 1837~1906)의 후손인데,
가브리엘 듀몬트는 메티스 부족의 유명한 지도자였으며, 1885년에
캐나다 백인 정부에 저항해 일어났던 원주민들의 '북서부 반란(North-West
Rebellion)'의 지도자였다.

메릴린 듀몬트는 1996년 시집 『진짜 착한 갈색 소녀(*A Really Good Brown
Girl*)』를 출판하며 활동을 시작했다. 시집 『초록 소녀가 산을 꿈꾸다(*Green
Girl Dreams Mountains*)』(2001), 『그 말이 속한(*That Tongued Belonging*)』(2007) 등을
출판했으며, 이 시집들은 모두 예외 없이 캐나다의 비중 있는 문학상들을
받았다.

특히 그의 첫 번째 시집 『진짜 착한 갈색 소녀(*A Really Good Brown Girl*)』는
'캐나다 시인 리그(The League of Canadian Poets)'로부터 제럴드 램퍼트
기념상(Gerald Lampert Memorial Award)을 받았을 뿐만 아니라, 2006년을
기준으로 출간 10년 만에 11쇄를 찍을 정도로 나름 상당한 수준의 대중적
반응을 이끌어냈다.

메티스로서의 혼종성에서 비롯된 시학

메릴린 듀몬트(Marilyn Dumont, 1955~)는 국내에 거의 알려지지 않은 캐나다 원주민, 더 정확히 말하면 메티스 출신의 현대 시인이다. 그녀는 지금까지 『진짜 착한 갈색 소녀』(1996), 『초록 소녀가 산을 꿈꾸다』(2001), 『그 말이 속한』(2007) 등 세 권의 시집[1]을 출판했다. 이 시집들은 모두 예외 없이 캐나다의 비중 있는 문학상들을 받았다.

특히 그의 첫 번째 시집 『진짜 착한 갈색 소녀』는 '캐나다 시인 리그'로부터 제럴드 램퍼트 기념상을 받았다. 뿐만 아니라, 2006년 기준으로 출간 10년 만에 11쇄를 찍을 정도로 나름 상당한 수준의 대중적 반응을 이끌어냈다. 또한 이 시집에 나오는 다수의 시가 여러 앤솔러지에 재수록되었다. 대부분의 현대 북미원주민 작가들의 작품들이 그 중요성에도 불구하고 '자기들만의 방'에 갇혀 대중적 주목을 받지 못해온 것과는 사뭇 다른 현상이다.

이 책은 듀몬트의 시집 중에서도 상대적으로 높은 평가를 받고 있는 『갈색 소녀』를 중심으로 문화적 파시즘에 저항하는 소수 문학(minor literature)의 한 지형도를 그려내고자 한다. 문화적 파시즘은 다양한 요소의 중층적 결합에 의해 구성된다. 그것은 인종·계급·성적 모순의 환유적 결합물이고, 이 결합은 오랜 역사적 과정을 통해서 형성된 것이다. 북미원주민 문학은 유럽인들의 식민 지배와 그로 인해 '자기의 땅에서 유배'당한 자들의 상처의 기록이다. 대부분의 북미원주민 문학이 가지고 있는 정치적·수사적·문화적 긴장은 그것이 (의식적으로든 무의식적으로든) 중심-주변, 주류-소수 사이의, 이와 같이 매우 현실적이고도 역사적인 갈등·모순들을 담지하고 있기 때문이다.

이런 의미에서 원주민 문학을 포함해 모든 소수 문학은 근본적으로 정치적이고 집단적이다. 들뢰즈와 가타리(Gilles Deleuze & Félix Guattari)는 소수 문학이 정치적인 이유를 다음과 같이 설명한다. 가령 주류 문학(major literature)에서 개인사는 오로지 개인사와 연결될 뿐이다. 사회적 조건이 있다 하더라도 그것은 단지 환경 혹은 어떤 배경으로 가동될 뿐이다. 그러나 소수 문학의 경우엔 사정이 완전히 다르다. 소수 문학에 나타나는 개인사는 "그 안에 어떤 전체적인 다른 이야기가 진동하고 있기 때문에" 개인사를 넘어 더 확대될 수밖에 없다(p.17). 여기에서 "어떤 전체적인 다른 이야기(a whole other story)"는 개인사에 내화되어 개인사와 떼려야 뗄 수 없는 관계를 맺고 있는 정치적·집단적 이야기, 즉 다수의 소수자들(minorities)이 공유하고 있는 역사적 서사를 가리키는 것이다.

한마디로 말해 소수 문학에서 비정치적이고 비집단적인 이야기는 없다. 그것이 유년의 기억이건, 성년으로서의 삶의 어떤 단계에서의 이야기이건 소수 문학의 주체들에게 모든 사건은 정치적이다. 여기서 정치적이라는 것은 개체의 삶이 자신의 의지와 무관한, 개인의 의지를 넘어서 이미 결정된 사회적 힘, 즉 시스템에 의해 무리하게 강제되는 상황을 뜻한다. 이런 점에서 백인 주류 북미 사회에서 원주민의 삶은 '요람에서 무덤까지' 정치적이다.

이들은 태어나면서부터 주류 문화에 의해 소수 부족 출신으로서 자기 존재의 대부분을 결정당한다. 이들은 또한 주류가 아닌 소수로 규정되면서 죽을 때까지 주류 담론에 의해 전유·평가·훈육, 동화 과정을 강제당한다. 그리고 여기에 예외가 없다는 사실은 이 현실을 더욱 치명적인 것으로 만든다. 그리하여 소수 문학의 모든 담론은 의지와 무관하게 정치적 함의를 갖게 되는 것이다. 말하자면 모든 일상까지도 정치적인 것이 되어버리는 '정치과

잉'이야말로 소수 문학의 세계인 것이다.

문제는 이 정치적 포화상태가 소수 문학의 또 다른 리비도라는 사실이다. 그것은 출현과 동시에 주류 담론과 팽팽한 긴장 상태에서 주류 담론을 위협하고 교란시킨다. 이런 점에서 저항과 교란은 소수 문학의 본능이다. 들뢰즈와 가타리가 소수 문학이 "더 이상 특수한 어떤 문학들을 가리키는 것이 아니라 이른바 위대한 (혹은 이미 확립된) 문학의 심장 안에서 모든 문학에 주어진 혁명적인 조건들을 가리키는 것"(Deleuze & Guattari, p.18)이라고 정의하는 것은 바로 이런 맥락에서이다. 이것은 주류 문화 안에서 "언어를 탈영토화시키고, 개인을 정치적 직접성과 연결시키며, 그런 의미에서 언명(enunciation)의 집단적 결합체"(Deleuze & Guattari)이다.

따라서 우리가 듀몬트의 시를 통해 읽어내는 것은 크게 두 가지다. 그것은 첫째, 문화적 파시즘으로서의 「백인 판관들(The White Judges)」(11쪽)과 「혼혈 원주민(halfbreed)」(16쪽) 사이의 대립 구도의 내용과 성격이고, 둘째, 그것을 재현하고 해체(탈영토화)하는 듀몬트의 독특한 시적 전략이다.

앞에서도 말했다시피 듀몬트는 메티스 출신이다. 스피박(Gayatri Spivak)의 이론이 인도 출신의 주변부 학자이자 동시에 미국 학문 시장의 스타라는 자신의 사회적 몸에 대한 성찰에 기반을 두었듯이, 듀몬트의 시학은 메티스로서 자신의 몸의 혼종성(hybridity)에

대한 인식에서 시작되어 그것의 정치화로 발전된다. 즉 그에게 혼
종성은 기원이자 결과이고, 그런 점에서 과거이자 현재이다.

문화적 파시즘과 성, 계급, 인종

『갈색 소녀』의 첫 번째 시, 「백인 판관들」은 이 시집의 전체 지형도를 잘 요약해준다. 산문시 형식으로 두 쪽에 걸쳐 있는 이 시는 낡은 학교 건물에서 시적 화자를 포함해 열한 명의 가난한 원주민 가족이 모여 사는 모습과 이들을 "에워싸고(encircling)"(11쪽) 감시하는 "백인 판관들" 사이의 대립구도가 자세히 묘사되어 있다. 원주민은 모든 것이 무방비 상태로 노출된 채 생활하고, 백인 판관들은 마치 벤담(J. Bentham)의 파놉티콘(panopticon)처럼 이들의 일거수일투족을 감시한다. 이 시에서 백인 판관들이 구체적으로 누구인지 명시되어 있지는 않다. 그러나 현실적으로 (일상생활에서) 누군가가 다른 사람들의 사생활을 24시간 감시한다는 것은 개연성이 없는 일이고, 이런 점에서 이 시의 백인 판관들은 원주민의 무의식에 각인된 백인 주류 시스템 혹은 문화적·정치적 파시즘의 상징으로 읽어야 할 것이다.

이 시에서 원주민-백인 사이의 관계는 범죄자-감시자의 관계로 제시되어 있고, 감시자들은 범죄자들이 자신들의 가치관 밖으로 나가는 것을 결코 용납하지 않는다. 이들은 이들의 잣대로 원주민을 에워싸고 (문화·정치적인 의미에서의 포획 혹은 가둠) 통제한다. 문제는 이들이 감시하는 원주민의 삶이 지극히 일상적인 삶, 즉 밥 먹고, 누군가 가져다 놓은 박스를 열고, 잠자고, 일하는 삶이라는 것이다. 백인들의 시선(감시)은 지극히 일상적인 원주민의 삶을 지극히 정치적인 것으로 전치시킨다. 모든 (집단적) 감시는 (집단적) 수치심을 유발하기 때문이다. 문 앞에 누군가 놓고 간 구호물 박스를 여는데도 원주민은 타자(백인들)의 시선을 의식하지 않을 수 없다.

그들은 기다렸다 익명의

누군가가 옷들이 엎질러진 박스들을 우리 집 앞에 가져다 놓을 때까지

기다렸다 그 꼴을 보이는 게 두려워 우리가 창문과 문에서 가장 멀리 떨어진 방으로 잽싸게 도망칠 때까지

waited till the cardboard boxes

were anonymously dropped at our door, spilling with clothes

waited till we ran swiftly away from the windows and doors

to the farthest room for fear of being seen (11쪽)

이 시의 마지막 연에서 시적 화자가 던지는 "우리는 수치심으로 마음이 아팠다(we'd ache with shame)"(12쪽)라는 전언은 듀몬트 시의 기원이 어디인지를 잘 보여준다. 한 인터뷰에서 듀몬트는 자신의 시들이 (메티스 원주민으로서) "많은 수치심을 몰아내기 위한 한 방식(one way of exorcising a lot of shame)이며, 이 모든 과정을 통해 내가 배운 것은 수치심이 사람의 심신을 얼마나 약하게 만드는가 였다"고 고백한다(Andrews, p.148).

우리가 주목해야 할 것은 듀몬트가 느끼는 수치심이 개인적인 것이 아니라는 사실이다. 그것은 북미원주민의 삶에 공통으로 각인되어 있는 저주의 부적이고 지워지지 않는 주홍 글자이다. 그리고 이 부적에는 크게 세 가지 모순, 즉 인종적·계급적·성적 모순들이 중첩되어 있다. "우리는 근근이 생계를 이어나가는 가난한 혼혈아들(half-breeds)이라는 생각을 항상 가지고 있었으며, 무언가를 결여하고 있는 존재로 항상 비교되었고 규정되었다"(Gunners, p.110; DeHaan, p.227에서 재인용)라는 듀몬트의 진술에는 계급적·인종적 타자로서의 북미원주민 존재가 잘 정의되어 있다.

그리하여 『갈색 소녀』가 "가부장적 캐나다 사회에서 '백인 판관들'에 의해 포위된 채 성장하는 가난한 여성 메티스의 긴장과 도전을 전경화하고 있다"(DeHaan, p.227)는 드한(C. DeHaan)의 지적은 매우 정확한 것이다. 듀몬트에게 인종·계급·성적 모순은 각기 별개의 것이 아니라, 환유적으로 중첩된 채 북미원주민에 대한 허구적 신화를 만들어낸다.

『갈색 소녀』의 제1부는 "스쿼의 시(squaw poems)"라는 제목을 달고 있는데, 여기에서 "스쿼(squaw)"라는 단어는 우리가 바로 앞에서 말한바, 인종·계급·성적 모순을 집약하고 있는 시니피앙이다. "스쿼"의 사전적 의미는 물론 "북미원주민 여자"이다. 그러나 실제로 이 단어는 이런 중립의 영역을 떠나 있다. "스쿼의 시"라는 표제 시에서 시적 화자는 "인디언 여자들은 모두 이 단어, **스쿼**의 위력에 대해 알고 있다. / 나는 이 단어를 처음 우리 엄마에게서 들었는데, 엄마는 화가 나서 다른 인디언 여자를 욕할 때 이 단어를 사용했다"(18쪽)고 말한다.

우리는 같은 시에서 "인디언 아가씨가 처녀를 의미하는 것처럼, 스쿼라는 단어는 곧 화낭년(창녀)을 의미하지(squaw is to whore / as / Indian maiden is to virgin)"(19쪽)라는 대목을 발견하는데, 이 시니피앙이 가지고 있는 이 수치스러운 시니피에는 모든 (가난한) 인디언 여성의 무의식에 인종적·계급적·성적 열등감을 각인시킨다. 그리고 이 열등감은 자동반사적으로 가부장적 캐나다 사회에서 인디언 여성을 주류 백인 문화에 순응하도록 훈육시키는 도구로 가동된다. 벤담의 파놉티콘에 갇힌 죄수들이 눈에 안 보이는 감시자의 시선 때문에 스스로 말 잘 듣는 자동인형이 되는 것처럼, 가부장적 백인 담론에 의해 생산된 "스쿼"라는 단어는 인디언 여성을 규정하고 제한하며 구속하는 감시 기제이다. 같은 시의 다음과 같은 대목을 보라.

> 나는 대중들 앞에서 술 마시는 모습을 결코 보여서는 안 되며, 도발적으로 옷을 입어도 절대 안 된다고 배웠는데, 왜냐하면 이것들은 반박할 수 없는 증거들이기 때문이었지. 그래서 10대로서 나는 빨간색 립스틱도 하지 않았고 너무 짧거나 꽉 끼는 스커트를 절대 입지 않았으며, 적어도 '창녀같이' 보이는 신발도 절대 신지 않았어. 나는 뭔가 풀어졌다고 해석될지도 모를 방식으로 결코 움직이지 않았지. 대신에 나는 진 라이스가 말한 '적극적으로 점잖은' 사람이 된 거야. 그래서 제기랄 얼마나 존경스러우면 백인들이 내 앞에서 오히려 자신들의 행실이 지저분하다고 느낄 정도였다니까.

I learned I should never be seen drunk in public, nor should I dress provocatively, because these would be irrefutable signs. So as a teenager I avoided red lipstick, never wore my skirts too short or too tight, never moved in ways that might be interpreted as loose. Instead, I became what Jean Rhys phrased, 'aggressively respectable.' I'd be so god-damned respectable that white people would feel slovenly in my presence. (18쪽)

이 시에서 듀몬트는 이런 유럽 중심적 훈육의 결과 "자발적으로(spontaneously)" 성 정체성을 새로이 발견했다고 고백("my newly discovered sexuality")(19쪽)하고 있다. 그런데 이것은 엄밀히 말해 자발적인 것이 아니라 백인 권력에 의해 강제된, 푸코(Michel Foucault)적 의미의 규율과 훈육의 결과이다. 여기에서 "새로이 발견된 섹슈얼리티"란 백인 중심 문화적 파시즘에 의해 '재구성된 젠더'나 다름없다.

나는 캐나다 원주민 문학을 분석한 다른 글에서 '내적 식민지' 개념을 사용했거니와 여기에서 내적 식민지란 "한 민족의 다른 민족에 대한 식민화의 역사가 영속화되면서, 하나의 국가·영토·사회 내부에서 자본과 권력을 독점한 식민세력에 의해 피식민 세력이 지속적으로 착취당하고 억압당하는 현상과 그 공간"(10쪽)

이라고 정의한 바 있다. 세계 근대사를 특징 지어온 식민-탈식민화 역사가 어떤 면에서 피식민자에 의한 영토의 상실-회복 과정이기도 했다면, 북미원주민의 역사는 그것과 전혀 다르다. 이들은 아직도 자신의 영토에서 유배당한 채, "대영제국의 잣대(British Standards)"(20쪽)에 맞추어 스스로를 재구성해야 하는 인종적 소수이자 타자로 존재한다.

대부분의 북미원주민 작가들이 자신들이 처해 있는 상황을 문자 그대로 식민지(the colony)로 인식하고 있는 것은 바로 이런 이유에서이다. 듀몬트 역시 「헬렌 베티 오즈번(Helen Betty Osborne)」이라는 시에서 지금, 이곳에서의 현실을 "이 황야, 이 식민지(this wilderness, this colony)"(20쪽)라 부른다. 이 시에 등장하는 헬렌 베티 오즈번은 1971년 11월 12일 귀가 중 아무런 관련도 없는 비(非)원주민 남성들에게 성폭행당하고 칼에 찔려 죽은 실명의 한 원주민 여성이다(Beard, p.500).

이 시의 첫 행은 "베티, 만일 내가 당신에 대해 이 시를 쓴다면"(20쪽)이라는 문장으로 시작되는데, 이 시가 결국은 베티만이 아니라 시적 화자를 포함한 모든 원주민 여성에 대한 이야기가 될 것이라는 진술로 이어진다. 세 번째 연의 첫 행도 "베티, 내가 만일 당신에 대해 시를 쓰기 시작한다면"으로 시작되는 이 시는 마침내 "베티, 만일 내가 이 시를 쓴다면"이라는 문장으로 끝난다.

말하자면 동일한 내용의 가정법 문장이 세 번이나 반복되는데, 비어드(L. Beard)의 해석에 따르면 이 시가 이와 같은 가정법의 반복으로 끝나는 이유는 아직도 이 시가 완성되지(쓰이지) 않았음을, 즉 원주민 여성에 대한 이와 같은 폭력이 아직도 계속되고 있는 기획임(unfinished nature of the case)을 암시하는 것이다(Beard p.500).

『갈색 소녀』의 제1부에 나오는 시들은 이처럼 탈식민화의 가능성이 거의 부재한 내적 식민지에서 주류 백인 문화가 어떻게 인디언 여성을 호명(interpellation)하는지, 즉 어떤 방식으로 피식민 원주민 여성 주체가 '구성'되는지를 잘 보여준다. "스쿼의 시(squaw poems)"의 첫 행이 "헤이 스쿼(hey squaw)!"라는 '이름 부르기'의 형식으로 시작되는 것을 보라. 주류 백인 문화는 "여성성에 대한 대영제국의 잣대들(British Standards of Womanhood)"(20쪽)을 휘두르며 "스쿼"라는 기표로 원주민 여성을 호명하고 이 과정을 통해 피식민 원주민 여성 주체를 구성한다. 그렇게 해서 만들어진 피식민 원주민 여성 주체들은 세대를 이어 "말 잘 듣는 아이들(blue ribbon children)"(21쪽)을 생산할 것을 강요받는다.

우리가 듀몬트의 시들을 주목해야 하는 이유는, 그것들이 이처럼 여성 피식민 주체의 형성과정을 재현함으로써 남성 작가들이 보여주는 계급·인종모순 중심의 시선을 성적 모순의 층위로 확장시키고 있기 때문이다.

한편 그의 「조랑말들을 풀어놓으라(Let the ponies out)」라는 시는 원주민들을 피식민 기계로 만드는 식민주의의 억압적 기제에 대한 거부 혹은 저항적 에너지의 분출을 보여준다.

오 아빠, 당신을 떠돌게 하기 위해서는, 당신 몸의 일부가 물을, 신선한 물을 지나 흠뻑 젖은 쇠오리처럼 푸른 하늘의 작은 산 속으로 떠가야 해요, 아빠,
당신의 숨결이 떠나가게 하려면 당신으로부터 떠나야 해요, 뼈와 근육과 장기의 무게로부터 떠나야 해요, 당신을 떠나세요, 일어나 오르세요, 당신이 방안을 가득 채우는 숨결이 될 때까지, 백인들을 떠나세요, 백지를 떠나세요, 공중에 뜬 채 돌풍 속으로 굴레를 벗은 조랑말들 속으로 들어가세요, 조랑말들을 풀어놓으세요, 내가 찾을 수만 있다면 그 문을 열어놓을게요, 만일 당신을 보낼 문만 있다면

oh papa, to have you drift up, some part of you drift up through water through
fresh water into the teal plate of sky soaking foothills, papa,
to have your breath leave, escape you, escape the
weight of bone, muscle and organ, escape you, to rise up, to loft,

till you are all breath filling the room, rising, escaping the white, the white

sheets, airborne, taken in a gust of wind and unbridled ponies, let the ponies

out, I would open that gate if I could find it, if there was one

to let you go (23쪽)

이 시에서 "drift up" "leave" "escape" "rise up" "loft"와 같은 단어들은 한결같이 '닫힘의 상태로부터의 해방'이라는 의미를 가지고 있다. 말하자면 이 시는 존재의 '탈영토화'를 지향하는 단어들로 가득 차 있는데, "굴레를 벗은 조랑말들"은 유럽인들이 정착하기 이전 원주민들이 말 달리며 활보하던 대초원(prairie)의 이미지와 연결되면서 탈식민 상태의 원주민을 연상시킨다. 문제는 이와 같은 탈식민화가 무엇보다도 두 가지 벽을 동시에 허물기에 의해서만 가능하다는 것이다.

위 시의 화자가 자신의 "아빠"에게 요구하는 것은 자기 자신을 떠나고(escape you) 동시에 백인의 억압기제를 떠나라(escaping the white)는 것으로 요약될 수 있다. 그런데 이를 다른 말로 바꾸면 식민화된 주체(자신)와 식민화하는 타자(백인)에 대한 동시적 거부가 필요하다는 것이다. 이 시의 후반부에서 "당신이 숨 쉬고 있는, 빈

틈없이 살균 처리한 백색성(whiteness)의 상태에서 당신이 숨 쉬는 것을 멈추면, 당신은 어디로든 도망칠 수 있어요, 대초원의 풀 밭 위에서 마구 뛰며 뒹굴 수 있어요"(23쪽)라는 표현 역시 이와 같은 주제를 요약하는 것이다.

이 대목에서 우리는 백인-원주민 사이의 사실상 화해가 불가능한 적대적 관계를 읽어낼 수 있는데, 탈식민주의 담론 중 식민자-피식민자 사이의 관계의 적대성을 가장 극렬하게 이론화한 논자로 우리는 파농을 들 수 있을 것이다. 그에 따르면 탈식민화란 크게 세 층위로 정의된다.

첫째, 탈식민화란 "역사적인" 과정이다. 식민화 과정 자체가 역사적인 것처럼 탈식민화 역시 역사적인 과정이라는 것이다. 둘째, 탈식민화는 근본적으로 폭력적인 현상이어서 식민자에 맞서는 피식민자의 폭력에 의해서만 성취될 수 있다. 셋째, 탈식민화는 본질적으로 화해 불가능한 두 세력 사이의 만남이기 때문에 결국 어떤 인간 종(식민자)을 다른 인간 종(피식민자)으로 대체하는 것 말고는 방법이 없다(Fanon, pp.27~28).

알제리를 위시해 프랑스의 식민지였던 아프리카 민중의 식민-탈식민화 과정에 대한 실증적 분석에서 나온 이와 같은 입장은 식민자-피식민자에 대한 선명한 구분 때문에 한때 주목을 받았지만, 사이드(E. Said)를 지나 스피박, 바바(H. Bhabha) 등의 논의를 거치면서 부정·수정되거나 아니면 재해석되어왔다. 대부분의 북미 원주민 문학에서 우리가 만나는 '정서의 구조'도 많은 경우 이와 같은 적대적·이분법적 구도(Manichaean frame)를 가지고 있다. 그러나 문제는 '분한(憤恨)의 정치학'이 아니라 텍스트의 정치학, 즉 문학적 탈식민화이다.

사실 전통적인 식민지(classical colony)와 내적 식민지는 근본적으로 다른 것이고, 냉정하게 말해 내적 식민지의 상태가 내부에 어떤 적대적 관계를 형성하고 있다 할지라도 북미원주민이 (전통적인 식민지의 경우처럼) 영토와 주권을 즉각적으로 회복한다는 것은 현실적으로 거의 불가능하다. 리우(J. Liu)에 따르면, 이는 "내적 식민지 민중들이 아직 즉각적으로 독립 국가를 형성할 만한 어떤 정치적·경제적 자원도 가지고 있지 않기 때문이다"(Liu, p.1358).

이리하여 우리가 소수 문학을 통해 기대하는 것은 텍스트의 표면에 노출되어 있는(해석이 불필요한) 정치적 메시지가 아니라 그것을 넘어서는 어떤 것이다. 북미원주민 문학은 다름 아닌 텍스트의 정치학을 통해 백인 주류 문학의 단일강세성(uniaccentuality)을 교란시키고 거기에 흠집을 낸다. 이것은 뒤몽트뿐만 아니라 대부분의 현대 원주민 문학이 가지고 있는 공통적인 속성이다. 굳이 텍스트를 "계급투쟁의 각축장"(Vološinov, p.23)이라고 했던 볼로쉬노프(Valentine N. Vološinov)의 언명을 빌리지 않더라도, 북미원주민 문학 텍스트에서는 백인 주류 담론과 원주민 담론이 끊임없이 충돌한다. 그리고 이 부딪힘은 널리 볼 때 한편으로는 백인 주류 문화의 파시즘을 내파시키고, 그를 통해 북미 문학 담론의 의미망을 확대하며 문화적 스펙트럼을 확장시키는 중요한 동력이다.

또한 북미원주민 문학은 작가에 따라 매우 다양한 텍스트의 정치학을 보여주는데, 우리가 듀몬트에 주목하는 것은 산문이 아닌 시 장르로 1990년대 중반 이후 최근까지 캐나다 원주민 문학을 대표할 만한 매우 독특한 전략을 보여주기 때문이다. 암스트롱, 컬리턴, 킹 등으로 이어지는 대표적인 현대 캐나다 원주민 작가가 주로 산문(소설) 장르를 통해 주류 백인 문화에 도전했다면, 듀몬트는 혼혈인(메티스)으로서의 자신의 인종적 정체성과 시적 전략 구조를 일치 혹은 병치시킴으로서 북미원주민의 '시적 정치학(poetic politics)'의 새로운 가능성을 보여주고 있는 '예외적' 시인이다.

이제 소수 문학으로서의 듀몬트 시학의 내적 풍경을 들여다볼 차례이다.

"악마의 언어"와 혼종성

듀몬트의 「진짜 착한 갈색 소녀의 회상(Memoirs of a really good brown girl)」은 시적 화자가 언니의 손을 잡고 처음으로 초등학교에 가서 적응해나가던 과정을 회상하는 산문시다. 혼혈 원주민(메티스)으로서 그가 학교에 가서 제일 먼저 느낀 것은 일종의 공포다. 그는 완전히 "얼어붙어서(frozen)"(13쪽) 말하는 것도, 심지어 움직이는 것조차 두려워한다. 왜냐하면 자신을 에워싸고 있는 백인 아이들이 자신과 전혀 다른 방식으로 말하고 행동하기 때문이다.

이 상황에서 그가 할 수 있는 유일한 행동은 (역설적이게도) 행동하지 않는 것, 즉 말도 하지 않고 선생의 질문에도 자발적인 응답을 회피함으로써 스스로 "보이지 않는 자가 되는 것(I become invisible)"(p.13)이었다. 이렇게 '비존재(non-existence)로 존재'하는 것이야말로 백인 주류 문화가 다양한 방식으로 원주민들에게 강요하는 삶의 모습이다. 이른바 '인디언 보호구역'이 겉으로는 인디언들을 보호하는 공간 같지만 실제로는 (골치 아픈) 인디언들을 백인 공동체에서 배제함으로써, 즉 눈에 띄지 않게 함으로써 식민 지배의 부끄러운 부산물들을 외면하려는 식민주의적 상상력의 결과인 것처럼 말이다.

그러나 식민주의의 부산물들은 감춘다고 감추어지는 것이 아니다. 존재는 어디까지나 존재이므로 내적 식민지에서 원주민은 노출 위험에서 벗어날 수 없다. 이 시에서도 시적 화자는 자신의 오빠가 백인 여성과 약혼한 이후 잠시 동안 도시에 있는 오빠의 집에 머무는 동안의 아픈 경험을 회고한다. 그곳에서 많은 일들이 있었지만 시적 화자가 절대 잊지 못하는 일은 오빠의 약혼녀(백인 여성)에 의해 욕조에 잠긴 채 "비누거품을 칠하고, 북북 문지르고, 샴푸하고, 벗겨내고, 투약을 하고, 발톱을 정리하고, 매니큐어를 바르고, 박박 문지르고, 보습을 당한"(14쪽) 경험이다.

여기에서 듀몬트가 백인 여성이 그녀에게 가한 행동을 순서대로 자세히 묘사한 것은 바로 원주민 정체성을 훼손하고 지우려는 유럽 식민자의 집요한 노력을 재현하기 위해서이다. 원주민들은 유럽의 식민자들에게 항상 감춤과 지움의 대상이다.

그러나 그것은 마치 무의식처럼 결코 숨겨지지 않으며 지워지지 않는다. 원주민 문학이 하는 일은 백인 식민자에 의해 억압된 자신들의 존재를 강박적으로, 반복적으로 드러내는(회귀시키는) 것이다. 그리하여 식민자들에게 원주민의 존재는 일종의 반복되는 악몽이고, 그 악몽의 근저, 즉 무의식에는 수탈과 비행으로 얼룩진 (감추고 지우고 싶은) 부끄러운 역사가 존재한다. 적어도 무의식의 범주에서 식민자에게 원주민들이 살해 욕망의 대상인 것은 이런 연유에서이다. 이 시 속의 원주민 화자가 자신을 학대하는 백인 여성에게 있어서 자신이 "도살장의 어린양(a lamb for slaughter)"(14쪽)이었다고 고백하는 것은 이와 같은 살해 욕망이 가해자로부터 피해자에게 역으로 투사된 결과이다.

내적 식민지의 공간에서 원주민의 기본적인 위상이 이런 것이라면, 듀몬트와 같은 혼혈 원주민 여성들의 상황은 훨씬 더 복잡하다. 이들은 혈통적으로 유럽인-원주민에 양다리를 걸치고 있지만, 유럽의 혈통을 가지고 있다고 해서 백인 대접을 받는 것이 결코 아니다. 이들에게는 오히려 원주민의 혈통이 일상생활에서조차 혐의가 된다. 상황을 더욱 악화시키는 것은, 1876년 발효된 인디언 법령이 인디언을 순수하게 인디언 혈통을 이어받은 남성과 그런 남성과 결혼한 여성으로 한정함으로써 혼혈 원주민 여성들로부터 인디언으로서 받을 수 있는 최소한의 법적 보호권마저 박탈해갔다는 사실이다(Voyageur, p.89). 그리하여 이들은 내적 식민지에서 이쪽도 저쪽도 아닌 "이중의 삶(I lived a dual life)"(15쪽)을 살지 않으면 안 된다.

이 시에서 "나는 백인 친구들도 있었고 인디언 친구들도 있었는데 이 둘은 결코 섞이지 않았으며 그게 정상이었다. 나는 거리에서는 백인 아이들과 놀았고 그래서 그들은 방과 후 친구들이었다. 학교에서는 인디언 아이들과 놀았다"(15쪽)는 진술은 적대적 두 혈통을 한 몸에 가지고 있는 혼종적 존재의 양가적 삶을 잘 보여준다.

이 시의 마지막이 유년 시절에서 갑자기 대학시절로 배경이 바뀌면서 영어 교수가 학생들 앞에서 그녀의 말(영어)을 교정하려 하고, 시적 화자가 그 교정을 거부하는 (비순종적인) 모습으로 끝나는 것은 매우 상징적이다.

> 대학 강의실에서 어떤 영어 교수가 학생들 앞에서 내 말(영어)을 교정한다. 나는 'really good'이라고 말하고, 그는 'really well을 의미하는 거지?' 하고 묻는다. 나는 그를 노려보며 힘주어 말한다. '아니요, really good을 의미하는 건데요.'

> I am in a university classroom, an English professor corrects

my spoken English in front of the class. I say, 'really good.' He says, 'You mean, really well, don't you?' I glare at him and say emphatically, 'No, I mean really good.' (15쪽)

"두 세계에서 살아남기 위해(to survive in two worlds)"(15쪽) 매우 순종적인 유년기를 보낸 시적 화자가 성인이 되어 보여주는 이와 같은 태도의 변화는 무엇을 의미하는가. 그것은 바로 백인 주류 문화가 억압하고 지우려하는 자기 안의 혼종성을 더욱 노골적으로 드러냄으로써 원주민 정체성을 백인 정체성과 충돌시키는 것이다. 가령 앞에서 논의했던 「스쿼의 시」에서 본문은 영어로 쓰고 여섯 개의 연 앞에 붙인 일련번호를 아무런 주석(설명)도 없이 크리족(Cree)의 언어로 표기한 것은 그런 전략의 결과이다.

(백인) 영어권 독자들은 각 연의 머리 부분에 돌출되어 있는 낯선 언어에 당황할 것이다. 이것은 원래는 매우 익숙한 것이나 무의식의 영역에 숨겨져 있다가 갑자기 튀어 나와 정복자들을 놀라게 하는, 프로이트(Sigmund Freud)적 의미에서 일종의 '언캐니(the uncanny)'와 같은 것이다. 듀몬트는 정복자들의 무의식에 억압되어 있는 괴물(원주민)의 존재를 끊임없이 회귀시켜 그들과 대면시킴으로써 인위적·역사적 구성물(constructs)로서의 백인 주류 담론의 불안정성을 더욱 확대하는 것이다.

「악마의 언어(The devil's language)」는 이런 시적 전략이 더욱 노골적으로 드러나는 시이다.

나는 엘리어트와

영어로 글을 쓰는 위대한 백인의 방식을 다시 생각해왔어

규범 즉

위대한 백인의 방식이

나를   내 모든 삶을 측정하고, 판단하고 평가해왔잖아

그것의

백합처럼 흰 단어들로

그것의 말뚝 울타리 같은 문장들로

그리고 매니큐어를 바른 구절들로

발음 하나만 잘못하면 당신은 원주민 문학 섹션의 서가에 꽂히지

저항적 글쓰기

미친 인디언

예상 불가능한

적대적인 길 위에 있는

원주민 종족의 항의

그 위대한 백인의 방식이 우리 모두를 침묵시킬 수 있었지

I have since reconsidered Eliot

and the Great White way of writing English

standard that is

the great white way

has measured, judged and assessed me   all my life

by its

lily white words

its picket fence sentenses

and manicured paragraphs

one wrong sound and you´re shelved in the Native Literature

    section

resistance writing

unpredictable

on the war path

native ethnic protest

the Great White way could silence us all (54쪽)

    이 시의 도입부에 해당하는 이 부분은 우리에게 듀몬트 시의 많은 것을 설명해준다. 가령 다섯 번째 행에서 의도적으로 띄어쓰기를 잘못해놓는 기법은 이 시 외에도 「회복(Recovery)」 「말파리처럼 파란(horse-fly blue)」 등, 듀몬트의 여러 시에서 흔히 발견되는데, 이는 백인 담론의 "규범(standard)"에 대한 의도적 폭력 혹은 그것으로부터 의도적으로 일탈하기로 읽어도 좋다.

위 시에도 나오지만 원주민 문학은 이들을 평가하고 정의하고 재단하는 "위대한 백인의 방식"에 대한 도전이고 교란이기 때문이다. 여기에서 "엘리어트"는 백인 담론의 규범으로 설정한 대표적 문학 정전(literary canon)을 의미한다. 그것을 "다시 생각"해봤다는 것은 백인 주류 문학의 규범에 대한 회의 혹은 의심의 징후를 보여주는 것이다. 소수 문학은 "백합처럼 흰 단어들" "매니큐어를 바른 구절들"이라는 표현이 지시하는바, 백인 주류 문학의 화려한 규칙들을 의도적으로 망가뜨리는(wrong sound) "예상 불가능한" "미친 인디언" 담론이다.

그러나 듀몬트는 위 시에서 원주민 문학을 대문자로 표기(Native Literature)함으로써 그것이 가지고 있는 당위성 혹은 절대적 존재감을 슬쩍 드러내고 있다. 두 번째 행에서 "위대한 백인의 방식"이 대문자로 표기되었다가 네 번째 행에서 슬쩍 소문자로 바뀌는 것과 대조적이다.

이 시에서도 듀몬트는 인디언들이 비문(非文)을 사용할 경우 가차 없이 "벙어리 인디언(dumb Indian)" 소리를 듣는 사례를 언급한다. 시적 화자의 아버지는 영어(the King's English)를 읽고 쓰지 못하지만 크리족 언어를 말할 줄 앎에도 불구하고 벙어리 소리를 듣는다. 이는 내적 식민지에서 원주민이 '비존재적 존재'이기 때문이고, 그리하여 그들의 언어가 존재하지 않는 언어로 취급당하기 때문이다. 그리하여 이 시의 두 번째 섹션에서 "공인된 크리 언어 발음이 있는가, 현대 크리 언어 용법이 있는가? 왕의 영어가 아니라 추장의 크리 언어(is there a Received Pronunciation of Cree, is there / a Modern Cree Usage? / the Chief's Cree not the King's English)"(55쪽)라는 질문은 더욱 절실하게 들린다.

그러나 백인 주류 사회에서 크리 언어는 (백인들의) "하나님 아버지와 표준 영어를 위반하는" "악마의 언어"이고, 이런 언어로 말하는 것은 결국 "어머니의 소리, 당신의 어머니의 혀, 어머니의 언어"에 대구하는 것이다. 여기에서 "어머니"란 원주민의 태생적 고향 정서를 상기시키는데, 이 시는 결국 "말과 바람 소리 가까이 / 천막 안에서 엄마의 무릎에 앉아" 듣던 "악마의 언어로 너를 잠재우기 위해 (엄마가) 어르고 부르던 소리를 이제 당신이 만들 수 없다"는 "마음의 메아리"(55쪽)로 끝난다.

「마차들을 에워싸라(Circle the wagons)」는 북미원주민 문화의 약호(code)인 "원(circle)"을 둘러싼 유럽인들의 약호화(coding)와 듀몬트에 의한 그것의 재약호화(recoding) 혹은 탈약호화(decoding)를 보여주는 매우 논쟁적인 시이다.

유럽인은 북미원주민 문화를 "원"의 개념을 중심으로 생각해 왔다. 시적 화자에 따르면 유럽인들은 원주민의 문화를 이들 문화에 반복적으로 등장하는 "원, 메드신 휠(북미원주민이 우주 혹은 세계를 나타내는데 사용했던 제의적 표식), 달, 자궁, 신성한 후프(악귀를 쫓기 위해 깃털 등을 꽂아 걸어놓는 북미 인디언의 둥근 장식)(57쪽, 괄호 안은 필자)" 등으로 이해했다. 말하자면 "그 빌어먹을 원(that goddamned circle)"으로 원주민 문화를 에워싸고 그 의미망을 축소했다는 것이다. 그리하여 그들은 원주민을 "하나의 큰 부족"으로 생각한다는 것이다.

그러나 화자가 볼 때 북미원주민은 하나의 큰 부족이 아니라 다수의 부족들로 이루어져 있고, 이들의 문화 역시 "원"이라는 단일 개념으로 약호화할 수 없다. 그리하여 시적 화자는 "원주민 문학의 심층 구조에는 원 이상의 것이 없단 말인가(is there nothing more than the circle in the deep structure of native literature)?"(57쪽)라고 묻는다. 여기에서 우리가 주목할 것은 "원주민 문학"이라는 단어이다.

그렇다면 원주민의 원 개념을 이해하는 유럽인의 사고는 다름 아닌 백인 비평가들의 원주민 문학 해석방식을 나타내는 것으로 이해할 수 있다.

말하자면 문학 정전의 권력을 장악하고 있는 백인 비평가들이 원주민 문학을 이해하는 데 사용하는 패러다임의 단순성, 상투성을 비판하고 있는 것이다. 백인 비평가들은 원주민 문학을 원의 개념으로 상투화함으로써 소수 문학으로서의 원주민 문학의 다른 예각·혁명성·전복성을 차단한다. 백인 담론은 원주민 작가가 마치 원의 개념을 끌어들이지 않으면 실체 없는 유령이 되어버리는 것처럼 원주민 문학을 단일약호화(unicoding)한다. 이런 점에서 앞에서도 언급했던 (듀몬트의 시에 자주 등장하는) "백인 판관들(white judges)"을 "학계의 백인 비평가들(white academic critics)"로 해석하는 비어드의 입장은(503쪽) 나름 의미가 있다.

재미있는 것은 이 시 속의 화자가 인디언 전설이나 원과 관련된 인디언 상징물들을 사용하지 않았을 경우, 길을 잃고 자본주의 상품들로 이루어진 장식들(all the trappings of "Doc Martens, cappuccinos and foreign films") 속에서 사라져가는 도시의 인디언 같은 느낌을 받는다고 고백하면서 다음과 같이 말하는 것이다.

그러나 또다시 궤도를 도는 것, 달, 후프 같은 것들이 필요해 당신들의 생각들을 아우르고 내 생각을 성전화(聖典化)하는 것 말이야, 다시 필요해, 마차들을 에워싸라….

but there it is again orbiting, lunar, hoops encompassing your thoughts and canonizing mine, there it is again, circle the wagons…. (57쪽)

여기에서 백인 담론에 의해 상투화되었던 원의 상징은 다시 재
약호화된다. 원은 이 시의 말미에서 백인 담론들(당신들의 생각들)
을 에워싸고 원주민 담론을 성전화(정전화)하는 장치로 탈바꿈되
는 것이다. 이 시의 제목이기도 한 마지막 문장, "마차들을 에워싸
라"에서 마차는 원주민 문학을 단순화하는 백인 담론을 상징하며
그것을 에워싸고 포위하는 것은 거꾸로 원주민 담론의 역할이 되
어버리는 것이다. 여기에서 마차를 에워싸는 행위를 (명사로는 원의
의미를 가지고 있는) "circle"이라는 단어로 표현한 것은 따라서 매우
절묘하다. 비어드는 또한 이 시가 마침표가 없이 쉼표와 의문부호
로만 이루어졌으며, 마지막이 네 개의 마침표로 끝나는 것은 생략
기호로서 "이 이슈의 종결되지 않는 성격(the unending nature of this
issue)"(502쪽)을 나타낸다고 설명한다.

그러나 필자가 볼 때 이 네 개의 마침표는 원과 더불어 (이 시에
도 등장하는) 인디언 문화의 또 다른 상징인 숫자 4("the number four")
(50쪽)를 암시할 수도 있다(참고로 듀몬트는 다른 시에서 생략부호를 영
어의 일반적 표기법을 따라 세 개의 점으로 표시하고 있다). 말하자면 듀몬
트는 이 시에서 백인 비평가들에 의해 상투화된 인디언 상징을 다
시 백인 비평가를 에워싸고 포위하는 상징으로 재약호화하고 있

는 것이다.

동일한 상징물을 탈/재약호화하는 것은 대상을 하나의 중심으로 고정시키고 환원하려는 모든 (제국주의적) 의미화과정에 대한 저항이며 전복이다. 식민주의 담론에 의해 구성된 문화적 코드를 이렇게 교란시키는 것, 평면화된 기호를 이원화, 양면화함으로써 (식민주의적) 기호의 안정성에 흠집을 내는 것이야말로 듀몬트의 중요한 시적 전략이다. 앤드루스는 듀몬트의 이와 같은 전략을 '아이러니'의 개념으로 설명하는데. 그는 로드웨이(Allan Rodway)를 인용해 아이러니를 "'잘못된' 의미의 아래에 있는 '진실한' 의미를 보는 것이 아니라, 한 층위에서 두 가지가 동시에 노출되는 것(a double exposure on one plate)을 보는 것"(Andrews, p.2)이라고 정의한다.

우리가 볼 때 혼혈 메티스로서 듀몬트의 시적 전략은 백인-원주민 사이의 이분법이 교란되고 흐려지는 지점, 즉 그 틈새(in-between)에서 시작되며, 이런 의미에서 '틈새 혹은 혼종성(hybridity)의 정치학'이라 불러도 좋을 것이다. 「브루스를 위하여, 우리가 크리어를 배우며 앉아 있던 밤(For Bruce, the night we sat studying cree)」의 구절들을 인용하면, 그는 "크리어의 언어구조와 영어에서의 흔한 오류들(Cree Language Structures and Common Errors in English)"(56쪽, 밑줄은 원문)로 상징되는 두 문화 사이에 존재한다. 그런데 크리-영어 혹은 원주민-백인의 양가성은 혼혈 메티스에게는 존재의 두 층위가 아니라 한 층위에서 동시에 노출되는 어떤 것이다.

가령 「떠오르는 생각들(It crosses my mind)」라는 산문시는 처음부터 끝까지 의문문으로 이루어져 있는데, 그중 하나의 질문, 즉 "당신은 캐나다 시민인가?"라는 질문에 대해 시적 화자는 "그렇지만 동시에 아닌(yes, but no)" 그리고 "그 이상인(there's more)"(59쪽)이라는 대답을 반복한다.

이 대목에서 앤드루스의 개념을 다시 끌어들이면, 듀몬트의 생물학(인종)적 정체성은 그 자체 (혼종성이며) '아이러니'다. 그는 (절반은) 백인이면서 백인이 아니고 동시에 그 이상인 존재이다. 말하자면 듀몬트는 자신의 인종적 정체성을 텍스트의 정치학에 그대로 덧씌우고 있는 셈인데, 이 덧씌움은 '언캐니(the uncanny)' 혹은 "예기치 않은 손님(an unexpected guest)"(56쪽)으로서 백인 중심의 고정관념을 흔들고 교란시키며 "그 이상"의 다른 세계를 꿈꾼다.

액체성 혹은 그 너머

지금까지 우리는 듀몬트의 『갈색 소녀』를 문화적 파시즘과 그것에 대한 저항으로서의 소수 문학의 개념으로 읽었다. 총 4부로 이루어져 있는 이 시집의 제1~3부는 백인 주류 사회에서 혼혈 메티스 원주민이 처해 있는 분열 상황과 백인-원주민 담론 사이의 팽팽한 긴장들로 구성되어 있다. 말하자면 "이 '수직적 모자이크', 피부색의 식민지의 어디에 우리가 놓여 있나"(59쪽)와 같은 질문이 드러내는바, 거친 황야에 대한 성찰이 이 시집 첫 제1~3부의 기록이다.

그러나 이 시집의 마지막 제4부는 그런 갈등의 현장에서 돌아와 자신을 조용히 들여다보는 시적 화자의 내적인 풍경들로 주로 구성되어 있다. 가령 「내 어머니에게 부탁하는 말들(Instructions to my mother)」 같은 작품에서는 바깥 세계에서의 싸움에 지친 화자가 어머니에게 돌아와 어린애처럼 위로를 구하는 모습이 그려진다.

내가 아플 때,

당신이 아픈 곳을 이야기하지 말아요

내가 아픈 곳을 말하기 전까지는 말이에요. 대신에

내가 담요나 책이 필요한지 물어봐주세요

내가 아이스크림 바를 진한 초콜릿에 찍어 먹세 해주세요.

절대로

　　　　　　내 모든 자매들의 이름을 부르지 마세요

내 이름을 부르기 전까지는 말이에요.

When I am sick,

don´t list your ailments

before I tell you mine. Instead

ask if I need a blanket and a book

and let me eat ice cream bar dipped in dark chocolate.

Never call

the names of all my sisters

before calling mine. (71쪽)

이 시 속의 화자는 거칠고도 오랜 싸움 끝에 지치고 상처 받아, 오로지 위로만을 필요로 하는 (거의 응석에 가까운) 메티스의 모습을 보여준다. 이 시의 마지막에서 화자는 어머니에게 "난 '늙어가고 있어'라는 말을 내게 / 결코 하지 마세요, / 그게 아니라 나는 피부 색으로 현명해지고, 뼈 속으로 강하며, / 늙은 여자들이 그렇듯이 아름답고 현명하다고 말하세요"라고 부탁하지만, 이 말은 사실 그 모든 갈등에도 불구하고 끝내 지혜롭고 강한 존재로 남고 싶은 미래의 자신에게 하는 말이나 다름없다.

이런 점에서 마지막 제4부의 제목이 "물로 만들어진(Made of Water)"인 것은 매우 시사적이다. '물'은 모든 형태의 경직성·규정성과 반대편에 서 있는 무정형·비결정성·부드러움의 상징이다. 굳이 여성적 글쓰기의 유체성(fluidity)과 다의성(multiplicity)을 고체성·규정성을 교란시키는 해방적 담론으로 읽어낸 이리가레이(L. Irigaray)를 끌어들이지 않더라도, 이 시집의 마지막 섹션에서 듀몬트가 이런 종류의 액체성에 경도되는 것은 우연이 아니다.

가령 「우리는 물로 만들어져 있다(We are made of water)」와 같은 시는 "나는 그 샘물로 가네   거기서 물을 마시지   왜냐하면 / 나는, 당신처럼,   물로 만들어져 있기 때문이지(I go to that well   and drink from it   because / I am, as you,   made of water)"(77쪽)로 끝난다(보라, 이 대목에서도 그는 예외 없이 몇 단어들 사이의 간격을 규정보다 더 벌려 놓음으로써 표준 영어의 띄어쓰기 법칙을 위반하고 있다).

「액체로 이루어진 대평원(Liquid prairie)」에서 그는 "나는 평면성에 저항하는 그 가문비나무들이 그립다(I miss those spruce that / defy the flatness)"(65쪽)라고 고백하면서 유럽인들에게 침탈당하기 이전의 북미원주민의 고향이자 유토피아적 공간인 "대평원"의 아름다움을 서정적 단문들로 묘사하고 있다. 그런데 여기에서도 그는 이 대평원을 "액체로 만들어진(liquid)" 것이라고 명명한다.

우리가 볼 때 듀몬트의 이와 같은 서사 전략은 돌발적인 것이 아니다. 그의 인종적·텍스트적 혼종성, 즉 '이질적인 것(차이들)의 동시적 존재'는 적대적 이분법에 대한 부정이라는 점에서 액체적이고 유체적이다. 그의 액체적 상상력은 모든 형태의 수직적 서열·규정·결정·배제·닫힘을 거부하는, 그 너머의 세계에 대한 욕망의 표현이다.

그러나 「액체로 이루어진 대평원(Liquid prairie)」의 마지막 부분에서 그가 자신은 "좁은 해안에 앉아 있을 뿐 / 사람들이 대양이라고 부르는 / 물의 한복판에 아직 앉아본 적이 없다(I sit on this thin coast / but haven't yet been on that belly of water // they call the ocean)"

라고 고백할 때, 우리는 북미 사회에서 차이들의 평화로운 공존이

아직은 먼 미래임을 자각하게 되는 것이다.

제3장

내적 식민지와 텍스트의 정치학

지넷 암스트롱의
『슬래시』

지넷 암스트롱 Jeannette Armstrong

암스트롱은 1948년에 캐나다 브리티시컬럼비아주의 인디언
보호구역에서 태어나 성장했으며 퍼스트 네이션스 출신의 원주민
시인이자 작가이고, 교육자이자 예술가이며 시민운동가이다. 1985년에
첫 소설『슬래시(*Slash*)』를 출판했는데, 이 소설은 1960년대 캐나다
원주민 저항운동의 구체적인 과정을 소재로 하고 있다. 1991년 시집
『브레스 트랙스(*Breath Tracks*)』을 출판했고, 이 밖에도 단편소설·어린이용
도서·문학비평 등 다양한 장르의 글을 쓰고 있다.

북미원주민 삶, 현재형으로 읽어내기

그간 국내 영문학계에서 북미원주민 문학에 대한 연구는 알렌, 모마데이, 실코 등 주로 미국계 작가들로 한정되어왔다. 또한 국내에서 이루어진 원주민 문학의 연구가 주로 이들의 고유한 전통·특수성에 대한 설명과 강조로 이어져온 것도 사실이다. 이런 연구들이 일목요연하게 주장하는 것은 원주민의 삶이 물질 중심적이고 경쟁 지향적이며 환경 파괴적인 현대인의 삶과는 다른 변별성을 가지고 있고, 그것이 후기 자본주의의 제반 모순들로 가득 찬 현대 사회에서 우리에게 새로운 통찰을 제공해주며 따라서 재고의 대상이 되어야 한다는 것이다.

이런 연구들은 망각의 늪으로 사라져가는 북미원주민 삶과 문화에 대한 관심의 환기 그리고 원주민 문화가 가지고 있는 긍정적 가치에 대한 재평가와 그것의 현대적 복원을 지향한다는 점에서는 물론 의미가 있을 것이다. 그러나 더 중요한 것은 원주민의 삶을 무엇보다 현재 진행형으로 읽어내는 것이다.

북미원주민은 역사가 증명하다시피 유럽의 제국주의적 침략의 과정에서 희생된 피식민자들(the colonized)이며, 박물관에 보존된 밀랍인형들이 아니라 21세기 전(全) 지구적 자본주의의 한복판에서 여전히 인종적 소수자로 중층적 모순 속에 살아가고 있는, '살아 있는' 역사의 주체들이다. 원주민 문화의 특수성에 대한 지나친 강조는 이들의 삶을 자칫 신비화, 게토화(ghettoization)시킬 위험이 있고, 식민화 과정에서 주변화된 그들의 존재를 더욱 바깥으로 밀어내는 우를 범할 수도 있다.

북미원주민의 삶에 대한 총체적인 이해는 그것을 무엇보다도 사회적 여러 세력의 충돌의 현실적인 장으로, 그리고 식민화라는 제국주의적 근대화의 큰 맥락 속에서 읽어낼 때에야 비로소 이루어질 수 있을 것이다. 이런 의미에서 우리는 캐나다의 원주민 작가, 암스트롱의 『슬래시(Slash)』[1]를 주목하지 않을 수 없다. 암스트롱은 1948년 캐나다 브리티시컬럼비아주의 펜틱턴(Penticton) 근처에 있는 오카나간 원주민 구역(Okanagan Reserve)에서 태어나, 작가로, 원주민 인권 활동가로, 원주민을 위한 문예창작 교육자로 현재 다양한 활동을 보여주고 있으며, 캐나다의 대표적인 원주민 출신 작가 중의 한 사람이다.

"캐나다 원주민 여성이 쓴 최초의 소설"(Lutz, p.13)[2]로 불리기도 하는 『슬래시』가 북미원주민 문학의 전통에서 차지하는 지위는 독특하다. 이 작품은 1960년대에서 1980년대에 걸쳐 백인 주류 캐나다 사회에서 인종적 소수(minority)로 살아가던 원주민들이 보여준 지난한 투쟁을 재현한 거의 유일한 소설이다. 슬래시라는 닉네임을 가진 토미(Tommy)의 어린 시절에서 시작해 그가 광활한 북미대륙(캐나다뿐만 아니라 미국까지)을 가로지르며, 떠돌며 보여주는 투쟁·갈등·사랑 그리고 성장의 기록은 백인 식민자들(the colonizers)과 원주민 피식민자들 사이의 지배와 피지배의 역사가 현대 북미원주민들의 삶을 규정하고 지배해온 핵심 요소임을 여실히 보여준다. 북미원주민은 인종·계급·성적 모순의 중층적 굴레 안에 놓여 있으며 이 중층적 모순의 형성과정에는 바로 유럽인에 의한 식민 지배라는 역사가 개입되어 있다.

그러나 북미원주민의 식민화의 역사는 제2차 세계대전 이후 정치적으로 독립한 다른 나라들과는 경우가 다르다. 피식민 경험이 있는 대부분의 제3세계 국가들이 다양한 경로를 통해 정치적인 독립을 이루었고, 어찌 됐든 식민자들을 자신의 영토 바깥으로 몰아냄으로써 적어도 외적으로는 독립국가로서의 자신들의 위상을 회복했음에 반해, 이들은 독립을 성취하기는커녕, 자신의 영토에서 주권을 박탈당한 소수자로 전락한 채 여전히 유럽 식민자들의 직접적 지배를 받고 있다.[3]

따라서 북미원주민들의 삶의 조건에 대한 이해는 불가피하게도 기존의 탈식민주의적 관점과는 다른 새로운 패러다임을 요구한다. 이를 위해 필자는 다른 글에서 이른바 '내적 식민지'라는 개념을 제안한 적이 있거니와(오민석, 2008, 5~33쪽), 여기에서 '내적 식민지'란 "한 민족의 다른 민족에 대한 식민화의 역사가 영속화되면서, 하나의 국가, 영토, 사회 내부에서 자본과 권력을 독점한 식민세력에 의해 피식 세력이 지속적으로 착취당하고 억압당하는 현상과 그 공간"(오민석, 2008, 10쪽)을 말한다.

이렇게 보면 캐나다 원주민들은 "자기의 땅에서 유배당한 자들"이고, 1763년 칠년전쟁이 끝나고 (그로 인해 프랑스가 북아메리카에서 물러난 이후) 영국인들이 북미대륙에 캐나다라는 이름의 유럽 중심적 문화와 전통에 뿌리박은 새로운 나라를 건설해온 이래로 수백 년 동안 여전히 식민화/탈식민화(decolonization)의 도정에 서 있는 셈이다.

그러나 이 길고도 긴 식민지의 역사에서 캐나다 원주민들이 집단적이고도 조직적인 탈식민화운동에 나선 것은 그리 오래되지 않는다. 캐나다 원주민들이 자신들의 문화와 전통에 근거하여 백인 정부에 대한 본격적인 저항에 나선 것은, 1969년 캐나다 정부가 원주민들의 특별한 지위를 이른바 다문화민족 간의 "평등"의 이름으로 삭제할 것을 주장한 이후라고 보아야 할 것이다. 이른바 『1969년 백서(*1969 White Paper*)』를 통해 당시 캐나다 수상인 피에르 트뤼도(Pierre Trudeau)는 "우리 모두는 평등하다. …(이런 점에서) 우리는 원주민의 (특별한) 권리를 인정할 수 없다"(Kröller, p.31)며, 원주민의 영토권 주장(land claims)을 거부하고 인디언 법령을 철폐했다.

그리고 원주민에게 주어지던 모든 특혜를 폐지하는 대신 원주민을 캐나다의 다른 다문화민족 중의 하나로 동화시키려 했다. 이것을 계기로 캐나다 원주민은 규모와 강도에서 보다 본격적인 의미의 시위와 점거 등을 조직하기 시작했는데, 『슬래시』는 이후 1980년대 초반까지 캐나다를 위시해 북미대륙에서 일어난 다양한 탈식민 투쟁의 현장을 유랑하는 한 청년의 이야기를 담고 있는 것이다.

이 책은 크게는 내적 식민지와 텍스트의 정치학이라는 개념으로 이 작품의 서사전략을 살펴보되, 캐나다 원주민의 삶과 그것의 텍스트적 전환의 다양한 미로를 따라가보는 것을 목적으로 한다.

텍스트의 정치학 1:
성장소설과 탈식민 로맨스

　모든 텍스트는 그 자체로 정치적 함의를 갖는다. 텍스트는 그
것이 생산된 사회·역사적 조건과 유리될 수 없으며 따라서 텍스
트의 사회·역사적 맥락은 자연스럽게 텍스트의 존재조건이 된다.
텍스트는 자신의 존재를 구성하는 사회·역사적 조건들과의 끊임
없는 대화적 관계 속에서 존재한다. 텍스트는 역설적이게도 무의
식적으로 이 관계를 '의식'하며, 이 무의식적 의식 속에서 나름의
서사전략을 생산한다. 왜냐하면 텍스트/서사(narrative)는 인간들이
세계를 전유하고 해석하는 근본적인 매개(medium)·통로·채널이
기 때문이다.

　그리하여 모든 텍스트/서사전략에는 세계를 향한, 세계에 대한,

개인이나 집단의 태도와 입장이 녹아 있다. 우리는 텍스트/서사를 통해 세계와 대화하고, 충돌하며, 갈등하고, 화해한다. 텍스트/세계 사이의 이 관계성·대화성을 (무의식으로나마) 의식하고 있지 않는 텍스트는 존재하지 않는다.

그리하여 텍스트는 다양한 이해관계와 입장들이 충돌하는 마당이 된다. 볼로쉬노프는 이런 의미에서 텍스트를, 기호를, "계급투쟁의 각축장"(Vološinov, p.23)이라고 명명하는데, 여기에서 말하는 계급은 좁은 의미의 사회적 계급이 아니라, 넓은 의미의, 이해관계를 달리하는 개인들이나 다양한 사회적 집단을 의미하는 것이라고 보아도 크게 틀리지 않다. 우리가 '텍스트의 정치학'을 말할 수 있는 이유가 바로 여기에 있는 것이다.

『슬래시』는 무엇보다도 피식민자로서의 캐나다 원주민의 다양한 경험을 식민자들과 피식민자들에게 전달하고자 한다. 여기에서 말하는 "다양한 경험"은 물론 피식민화의 역사적 과정과 긴밀히 연관되어 있고, 백인 주류 담론에 의해 왜곡·억압·굴절되어 있으며 궁극적인 의미에서 탈식민화라는 목표를 지향하는 것이다.

따라서 『슬래시』의 서사전략은 우선적으로는 감추어진, 억압된 캐나다 원주민의 산 경험을 끌어내어 알리는 것이며, 이를 통하여 동시에 백인들에 의해 '상상적 타자(the imaginary other)'로 왜곡된 인디언성(Indian-ness)을 교정하는 것이다. 이 '알리기'와 '교정하기'의 정치학은 물론 피식민자로서의 캐나다 원주민뿐만 아니라 식민자들 그뿐 아니라 나아가 보편적 세계 독자들을 겨냥하고 있다. 하지만 특별하게는 자신들의 역사와 정체성을 잘 알지 못하는, 자라나는 캐나다의 젊은 원주민 세대를 향해 있다. 이 소설이 애초에 이러한 의미의 '교육적' 목표를 지향하고 있었다는 것은 암스트롱의 다음과 같은 진술에서도 잘 드러난다.

> 내가 진정으로 추구하고자 했던 것은 어떤 특수한 목적을 위해 그 시대를 표현해내는 것이었다. 우리는 그 역사적 시대에 대하여 말하고 있었고 어떻게 하면 가장 훌륭하게 그 역사적 시대에 관한 정보를 원주민, 특히 젊은이들에게 전할지 고민하고 있었다. 우리는 교육에 활용할 도구를 원했다. 즉 그 시대에 대한 단순한 역사적 기록을 전하는 것이 아니라, 그것을 넘어서서…… **어떻게** 그런 일이 일어났고, 사람들이 무엇을 느꼈으며, 이들이 무엇을 꿈꾸었고, 그 시대에 이들의 고통과 기쁨이 무엇이었는지를 전하고자 했다. 그리고 이것이야말로 큰돈 들이지 않고 무언가 가치 있는 어떤 것이 전개되고 있다는 것을 내가 볼 수 있는 유일한 길이었다.
>
> 이에 덧붙여 또 하나의 이유가 있었다면 그것은 커리큘럼 프로젝트와 관련하여 학교에서 받는 교육 시스템을 위한 자료를 개발하

는 것이었다.

My real quest was to present a picture of that time for a specific purpose. We were talking about that historical period, trying to determine how best to get the information to Native people, young people in particular. We wanted a tool to use in education, to give not just the historical documentation but, beyond that······ how that occurred, what the people were feeling, what they dreamed, and what their pain and joy were during that time. And it was the only way in which, without a lot of money, I could see developing something that might be worthwhile.

Another reason attached to it, in terms of working with the Curriculum Project, was developing materials for the schooling system. (Lutz, p.14)

위 대담에도 알 수 있듯이 암스트롱이 『슬래시』를 통해 추구하고자 했던 "어떤 특수한 목적"은 바로 캐나다 원주민 세대를 "교육"하는 것이었고, 『슬래시』는 바로 그 교육을 위한 "도구" 혹은 "자료"였던 것이다.[4]

그런데 이 교육, 즉 원주민의 역사를 알리고, 식민자에 의해 왜곡된 인디언 정체성을 교정하는 정치학을 위해 『슬래시』가 선택하는 것은 이른바 성장소설(education novel, Bildungsroman)과 로맨스(romance)의 서사전략이다. 성장소설의 서사를 통해 『슬래시』는 슬래시라는 한 원주민 소년이 성숙한 어른으로 성장해나가는 과정을 그려내고 있고, 로맨스의 서사전략을 동원함으로써 성장기의 슬래시를 가정과 학교라는 일상적인 삶의 공간에서 일탈하여 (원주민들의) 탈식민화 투쟁의 다양한 현장을 유랑하게 만든다.

성장소설의 서사는 슬래시가 초등학생에서 시작해 정신적·육체적 어른으로 성장하기까지 전 과정을 추적하게 되는데, 이를 통해 우리는 내적 식민지가 어떤 방식으로 원주민의 삶에 개입하고 그것을 규정짓는지, 그 다양하고도 구체적인 풍경들을 만나게 된다. 또한 로맨스 서사는 슬래시를 가족이라는 울타리를 넘어 더 넓고 다양한 내적 식민지의 공간들을 떠돌게 함으로써 삶과 세계에 대한 그의 인식의 폭과 깊이를 강화하는데, 이는 이 작품에서 성장소설의 전략을 완성하는 중요한 기능을 한다.

성장소설과 로맨스의 서사는 이리하여 『슬래시』라는 텍스트를 직조하는 날실과 씨실이 된다. 암스트롱은 성장소설과 로맨스 서사를 교차시킴으로써 "그 시대에 대한 단순한 역사적 기록을 전하는 것이 아니라, 그것을 넘어서서…… **어떻게** 그런 일이 일어났고, 사람들이 무엇을 느꼈으며, 이들이 무엇을 꿈꾸었고, 그 시대에 그들의 고통과 기쁨이 무엇이었는지를" 젊은이들에게 생생하게 전하고자 하는 것이다.

이 소설의 제1장에서 슬래시는 공부도 잘하고 책읽기를 좋아하며 영어도 잘하는 총명하고 똑똑한 초등학교 6학년 학생이다. 그는 오카나간 원주민 구역에서 원주민 전통을 중시하는 가정에서 자라난다. 아버지(Pops)와 할아버지(Pra-cwa)는 영어가 아닌 원주민 언어를 구사하며 원주민의 전통과 문화에 대한 깊은 자부심을 가지고 있다. 또한 이 소설의 처음부터 끝까지 슬래시가 어려움에 처할 때마다 조상 대대로 이어져 내려오는 이야기를 전해주며 격려하는 '이야기꾼(story teller)'인 외삼촌 조(Uncle Joe)는 슬래시의 정신적 지주이기도 하다.

슬래시가 투쟁 과정에서 분노와 좌절로 원주민 문화에서 벗어나면 벗어날수록 이들은 슬래시를 이른바 "인디언 방식(Indian way)"이라는 구심점으로 계속해서 끌어당긴다. 이들은 어떤 상황에서도 "인디언 방식"만이 유일한 해결책임을 변함없이 강조하는, 포스터(E.M. Forster)의 분류를 빌리자면, "평면적 인물(flat character)"들이다. 이에 반해 슬래시는 다양한 가치들 속에서 방황하며 끊임없이 변해나가는 인물로 "입체적 인물(round character)"이라고 할 수 있을 것이다. 입체적 인물로서의 슬래시가 내적 식민지 내부에 존재하는 다양한 세력들과 입장들을 소개하고 평가하는 역할을 한다면, 평면적 인물로서의 아버지·할아버지·외삼촌은 슬래시가 유랑의 과정에서 마주치는 그 모든 가치와 입장을 넘어선, 어떤 궁극적인 목표와 방식을 제시하는 역할을 한다.

그러나 슬래시는 이 궁극적인 가치와 방식, 즉 "인디언 방식"을 쉽게 받아들이지 않는다. 마치 기표 아래에서 끊임없이 미끄러지는 기의처럼, 이들의 지혜는 늘 슬래시 가까이 있으나 슬래시의 손 안에 좀체 들어오지 않는다. 이 소설에서 거의 후렴에 가깝도록 반복되는 "인디언 방식"은 슬래시가 최종적으로 도달하는 통찰과 지혜의 고원(高原, plateau)이기는 하지만, 그것이 온전히 그의 것이 될 때까지는 많은 시간과 과정이 걸린다. 그는 자기 안에 있는 그 고원에 도달하기까지 수많은 가치와 담론의 영토를 마치 유목민처럼 수시로 넘나들며 좌절과 희망과 절망을 반복해야 한다.

인디언 구역의 학교가 폐쇄되고 슬래시가 시내의 백인학교로 가는 날 아버지는 슬래시와 그 형제들에게 다음과 같이 충고한다.

너희는 이제 백인 아이들이 다니는 학교로 가야만 할 것이다. 너희는 그들과 다르기 때문에 힘들 것이다. 그들은 아마도 너희들을 함부로 대할 것이고 너희들의 말투·옷차림 그리고 외모를 두고 놀릴 것이다. 나는 이제 너희들이 그 학교에 가길 원하지만, 그들의 말에 괘념치 말거라. 너희들이 인디언이라는 사실에 자부심을 가져라. 너희들의 옷이나 외모·말투 등에 대하여 걱정하지 말거라. 우리는 이곳에서 살 모든 권리를 가지고 있는 사람들이다. 우리는 다른 어떤 곳에서 이곳으로 몰래 기어들어와 자기 몫을 주장하는 사람들이 아니다. 백인 애들이 너희들에게 나쁜 말을 할 때마다 이 사실을 기억해라. 너희들은 너희가 누구인지 알지 않느냐.

You are going to the school with white kids. It's going to be hard because you're different. They will probably treat you mean and make fun of how you talk and how you dress and how you look. Now I want you kids to go to that school and don't listen to them. Be proud that you're Indian. Don't worry about your clothes or your looks or how you talk. We are the people who have every right to be here. We aint't sneaking in from somewhere and pushing our way in. Remember that every time one of them says anything bad to you. You know who you are. (8쪽)

"우리는 이곳에서 살 모든 권리들을 가지고 있는 사람들이다. 우리는 다른 어떤 곳에서 이곳으로 몰래 기어들어와 자기 몫을 주장하는 사람들이 아니다"라는 아버지의 말은 북미대륙에서 이들이 원래부터 가지고 있었던 명백하고도 당연한 주권자로서의 지위를 설명하고 있다. "다른 어떤 곳에서 이곳으로 기어들어와 자기 몫을 주장하는 사람들"은 바로 백인 침략자이지 원주민이 아닌 것이다. 그러나 아버지의 이와 같은 주장(원주민 담론)은 아이들이 막상 백인 학교에 갔을 때 교장으로부터 듣는 말(백인 담론)과 바로 충돌한다. 교장은 학교에서 지켜야 할 몇몇 규칙을 원주민 아이들에게 설명하면서 "너희 인디언이 이곳에 오다니 운이 좋구나. 너희들이 다른 아이들(백인)의 물건만 훔치지 않는다면 우리 모두는 서로 잘 어울려 지낼 수 있을 것이다"(8~9쪽)라고 말한다.

슬래시는 처음에는 이 말의 뜻을 이해하지 못한다. 남의 물건을 훔치는 것이 원주민의 보편적인 문화가 아니기 때문이다. 원주민=도둑놈의 등식은 바로 백인들이 만들어낸 상상적 타자로서의 원주민 이미지인 것이다. 8학년의 험프리(Humphrey)라는 뚱뚱하고 덩치가 큰 백인 아이 역시 "이 더러운 인디언놈은 전부 이가 덕지덕지 낀 도둑놈에 불과해. 모두가 그 사실을 알고 있어"(9쪽)라고 말함으로써 타자로서의 원주민을 도둑놈으로 묘사한다. 문제는 내적 식민지 안에서 백인들의 이와 같은 상상적 타자가 거꾸로 원주민 학생들이 자신을 되비추는 거울의 역할을 한다는 사실이다. 백인 학교에서 주인=원주민/침략자=백인의 구도는 바로 역전되며, 원주민 아이들은 자신도 모르게 타자(백인)의 시선으로 자신을 바라보게 된다.

학교에 가는 게 항상 나쁜 일만은 아니라고 나는 생각하지만, 때때로 나는 내 외모와 옷을 끔찍이도 혐오했다. 특히 점심시간이나 방과 후 다른 아이들의 놀이에 끼어들고 싶었을 때 더 그랬다.

I guess it wasn´t all bad going to school but sometimes I sure hated my looks and my clothes, especially when I wished I could join in some of the lunch hour or after school games the other kids played. (9쪽)

나는 우리 집에 TV와 새 차가 없어서 학교에서 또한 부끄러움을 느꼈다.

I also felt ashamed at school because we didn´t have T.V. and a new car. (11쪽)

공부 잘하고 대부분의 시간을 독서에 소일하며 보내던 모범생 슬래시의 정신세계는 이렇게 백인들과의 조우를 통해 분열되기 시작한다. 그 안에는 이제 두 부류의 인디언이 존재한다. 한 부류는 아버지·할아버지 그리고 외삼촌처럼 "인디언 방식"을 존중하는 인디언이고, 또 다른 부류는 "인디언 방식"을 혐오하는("I hate being an Indian. I hate Indian ways")(27쪽) 그의 친구 지미(Jimmy)로 대표되는 인디언들이다. 이 최초의 분열은 슬래시를 큰 혼란에 빠지게 하고("I really felt confused. I agreed with the young man but I also agreed with Pra-cwa")(26쪽), 이로 인해 그는 술과 마리화나에 빠져들기 시작한다.

이때부터 슬래시는 가정과 학교라는 일상적인 삶의 공간에서 일탈하여 사랑·절망·고통·희망 그리고 모험으로 가득 찬 긴 여정에 오르게 된다. 그런데 바로 이 텍스트에서 로맨스의 서사가 성장소설의 서사와 겹쳐지기 시작한다. 이 겹쳐짐은 한편으로는 원주민들의 다양한 투쟁 현장으로 독자들을 안내하면서, 다른 한편으로는 슬래시가 극심한 고통과 갈등을 겪으며 '성숙한 인디언'으로 성장해나가는 과정을 보여줌으로써 내적 식민지 안에서 원주민의 삶이 지향해야 할 이정표를 제안하는 데 큰 역할을 한다.

슬래시가 집을 떠나 처음으로 겪은 사건은 밴쿠버에서 마약 딜러의 심부름꾼을 하다가 술집에서 싸움을 벌이게 되는 것이다. 그는 상대에게 칼을 휘둘러 큰 상처를 입히고(slashing)(39쪽) 감옥에 가는데, 이 과정에서 여성 원주민 인권운동가인 마르디(Mardi)를 만나게 되고, 그녀가 쥐도 새도 모르게 누군가에게 죽임을 당해 사라질 때까지 그녀를 사랑하게 된다. 그가 슬래시라는 닉네임을 갖게 된 것은 당시 "프렌드십 센터(Friendship Center)"라는 원주민 보호단체에서 일을 하던 마르디가 성명 미상인 그의 신원을 파악하는 과정에서 사람들을 칼로 난도질하는(slashing) 그의 무모한 행동을 보고 붙여준 이름이다.

출소한 이후 슬래시는 마르디의 영향으로 본격적으로 원주민의 탈식민화 싸움의 대열에 끼어들게 되는데, 이후 그는 캐나다의 밴쿠버·앨버타·토론토뿐만 아니라 오클라호마·미네소타·워싱턴 등 미국의 대도시를 순례하면서 북미원주민의 다양한 정치적 현안과 투쟁의 원칙·전략을 체험하게 된다. 그에게 이 과정은 진정한 자기 실현과 해방의 과정이면서 동시에 숱한 절망과 좌절의 행로이기도 하다. 그는 때로 원주민의 미래에 대한 낙관적인 전망에 몸을 떨기도 하고, 내적 식민지 안에서 권력으로부터 철저히 소외된 주변인에 불과한 원주민의 싸움이 큰 난관에 부딪힐 때마다 깊은 절망과 자기 환멸에 빠져 다시 술과 마약을 탐닉하기도 한다.

재미있는 것은 그가 정신적·육체적 소진상태에서 기력을 완전히 상실했을 때마다 고향으로 복귀하기를 꿈꾼다는 사실이다. 가령 칼부림 끝에 감옥에 갇힌 후 그가 극단적인 자기 환멸 속에서 고향을 그리는 거의 한 페이지 분량의 대목은 아마도 이 소설에서 가장 아름다운 묘사를 보여주는 대목일 것이다. 그는 마치 꿈결처럼 "감옥의 창살 너머로 멀리 산꼭대기들에 내린 새 눈(the new snow on the tops of mountains from the barred windows)"(47쪽)을 보게 되는데, 이 대목에서도 그는 "오늘밤, 나는 저 산들이 있는 고향으로 돌아갈 거야(Tonight, I will go home to them mountains)"(47쪽)라고 읊조린다. 그리고 한겨울이면 고향에서 연례행사로 벌어지던 "윈터 댄스(Winter Dance)"와 그 축제의 현장에 있는 가족들, 특히 그에게 늘 지혜("인디언 방식")의 원천이 되는 외삼촌 조를 그리워한다.

부모와 형제가 있는 오카나간 계곡은 이처럼 그에게 안식처이자 생명력의 원천이 되는 곳이며 그를 가장 그답게 만드는 공간이다. 그가 탈식민화의 지난한 싸움의 여정에서 극도로 지쳤을 때마다 여지없이 고향을 찾고, 기력을 회복하면 그는 다시 탈식민 로맨스의 긴 여정을 떠난다. 그가 이 소설의 후반부에서 매그(Maeg)를 만나 결혼하고 정착할 때까지, 이 길 떠남-귀향하기-다시 길 떠남의 로맨스는 계속해서 반복된다.

텍스트의 정치학 2: 리얼리즘의 강화

소수 문학(minority literature)으로서의 캐나다 원주민 문학은 다양한 서사전략을 구사하여 주류 백인 담론에 흠집을 낸다. 가령 토머스 킹(Thomas King)같은 작가는 백인 주류 담론이 만들어낸 창조서사들을 원주민 입장에서 전혀 새로운 방식으로 다시 쓰거나, 트릭스터(trickster)를 동원한 말장난, 판타지 기법 등을 동원해 백인 담론이라는 기호적 구성물(constructs of signs)의 불안정정(unstability)을 근저에서 활성화시킨다.[5] 토머스 킹의 서사전략이 어찌 보면 포스트모던적(postmodern) 언어의 유희를 통해 주류 담론을 조롱하고 전복한다면, 암스트롱은 거꾸로 전통적인 리얼리즘 기법을 동원해 서양 근대가 만들어낸 제국의 담론에 도전한다.

아마도 모더니즘(modernism)을 가장 혹독하게 비판한 글일 확률이 높은 「모더니즘의 이데올로기(The Ideology of Modernism)」에서 루카치(G. Lukács)는 서구 모더니즘이 만들어낸 인간관을 비판한다. 그에 따르면 모더니스트들에게 인간은 "본질적으로 고독하며 비사회적이어서 다른 인간들과의 관계 속으로 들어갈 수 없는"(Lukács, p.189) 존재이다. 그리하여 모더니스트들이 재현한 개별 주체(individual subject)들은 한결같이 "자기 자신만의 경험이라는 한계에 엄격히 갇혀 있다"(Lukács p.190).

이에 반해 리얼리즘이 생산한 주체들은 아리스토텔레스(Aristoteles)의 유명한 명제처럼 본질적으로는 "사회적인 동물"들(Lukács, p.189)이다. 따라서 리얼리즘은 사회·역사적 '관계' 속의 인간들을 재현하는 데 몰두한다.

모더니스트는 인간의 고독을 일종의 타고난 숙명으로 간주하는데, 이것은 숙명이기 때문에 회피할 수 없는 것이다. 루카치에 따르면 모더니스트들의 이와 같은 인간관의 근저에는 세계를 정적인(static), 그리하여 변화하지 않는 것으로 바라보는 이데올로기가 깔려 있다.

반대로 리얼리스트에게 세계는 단 한순간도 멈추어 있지 않으며 내부의 동력에 의하며 끊임없이 변화·발전하면서 궁극적인 어떤 목표(telos)를 향해 나아간다. 설사 인간의 어떤 고독한 상태

(solitariness)에 관하여 논의를 할 때조차, 모더니스트는 그것을 변화 혹은 회복할 수 없는 숙명으로 간주한다면, 리얼리스트에게 그것은 있을 수 있는 또 하나의 '사회적' 현상이라는 점에서, 객관 현실에 의해서 조건 지어지는 것이다(Lukács, p.189). 리얼리스트들의 시선이 늘 객관적 현실(objective reality)로 향해 있는 것은 바로 이런 연유에서인 것이다.

『슬래시』에 등장하는 인물들과 관련된 (한 인터뷰어의) 질문에 대한 암스트롱의 다음과 같은 대답은, 그가 의식했든 의식하지 않았든 간에, 리얼리즘적인 세계관 혹은 인간관에 대한 확신으로 가득 차 있음을 보여준다.

앞의 논의에서 내가 말했다시피 많은 원주민 소설들 속에서 인물들은 매우 독특하게도 진행의 와중에 있는 더 큰 종족 집단의 일부로 표현된다. 그래서 원주민 소설들에는 서양의 부르주아적 개인주의적 의미에서 개인에 대한 포커스가 별로 많지 않다. (……) 나는 그 인물(슬래시)을 공동체에서 일어나는 사건들의 전개(발전)와 그 모든 사람들로부터 분리시키거나 계속 고립시키는 일을 할 수 없었다. (……) 원주민에게 (이 같은 관점은) 달리 특별한 것이 아니다. 원주민은 원래 그런 사람들이며 사유와 행위에서 늘 이런 식이다. (……) 우리 원주민에게는 사물을 분리시켜서 보는 것이 오히려 어렵다. 모든 것은 다른 어떤 것의 부분이다. 모든 것은 다른 사물들로 이루어진 어떤 연속체, 즉 어떤 전체의 한 부분이다. 항상 전체적인 더 큰 어떤 그림이 있고 사물들은 항상 그것의 한 부분인 것이다. 내가 표현한 인물들은 바로 그 전체를 구성하는 모든 부분인 것이다.

In our previous discussion I said that in a lot of Native novels characters are presented in quite a unique way as part of an ongoing or larger tribal group. So, there's not much focus on the individual in the Western bourgeois individualist sense. (······) I couldn't isolate the character and keep the character in isolation from the development of the events in the community, and the whole of people. (······) With Native people it can't any other way. That's how we are as a people, in terms of our thinking and our doing things. (······) Everything is a part of something else. Everything is a part of a continuum of other things: a whole. There's a whole bigger picture there, that things are always a part of. The characters I presented are all parts of that whole. (Lutz, p.16)

위에서 암스트롱은 "더 큰 종족 집단"이라는 명사 앞에 "진행의 와중에 있는(ongoing)"이라는 수식어를 빠뜨리지 않고 있고, 인물들을 "공동체에서 일어나는 사건들의 전개(발전)(the development of the events in the community)"로부터 절대 분리시킬 수 없음을 분명히 하고 있으며, 나아가 그것이 궁극적으로는 원주민의 세계관에 토대하고 있는 것임을 천명하고 있다. 이와 같은 총체적 세계관은 루카치가 말하는 리얼리즘의 원리와 정확히 맞닿아 있고, 제국주의적 서양 근대가 만들어낸 (고립된) 개별 주체와는 다른, 관계 속의 주체·공동체 지향의 주체를 생산하는 데 이바지하고 있다. 이는 텍스트 바깥에 있는 작가의 의도뿐만 아니라 텍스트 내부에 있는 슬래시의 다음과 같은 고백에서도 드러난다.

나는 내가 인디언이기 때문에 나 자신에게만 필요한 사람이 결코 될 수 없었고 나머지 인디언 사람 모두의 한 부분이었음을 알게 되었다. 나는 그것에 책임이 있었다. 내가 하는 모든 것이 그것에 영향을 주었다. 나의 존재는 나를 에워싼 모든 사람에게 그 당시뿐만 아니라 나와 내 후손들을 통해 먼 미래에까지 영향을 미칠 것이었다. 이들은 내가 남긴 것들이면 무엇이든지 안고 갈 것이다. 나는 한 사람으로서 중요했지만 다른 모든 것의 부분으로서 더 중요했다.

I learned that, being an Indian, I could never be a person only to myself. I was part of all the rest of the people. I was responsible for that. Everything I did affected that. What I was would affect everyone around me, both then and far into the future, through me and my descendants. They would carry whatever I left them. I was important as one person but more important as a part of everything else. (164~165쪽)

앞에서도 지적했다시피 내적 식민지 안에서 원주민은 백인 담론과의 충돌 속에서 심각한 자기 분열을 경험한다. 슬래시가 탈식민 로맨스의 험난한 여정을 떠나는 것도 자기 안에 있는 "두 인디언들("Our people are two.")(25쪽) 사이의 갈등 때문이다. 원주민은 본래의 자아와 백인들이 만들어낸 상상적 타자로서의 원주민이라는 두 자아 사이에서 분열되어 있으며, 백인 식민자와 벌이는 집단적 싸움 과정에서도 정치적인 입장의 차이 때문에 잦은 분열을 겪는다.

슬래시가 탈식민 원주민 운동의 과정에서 수없이 절망하는 것도 바로 이와 같은 이중의 분열 때문이다. 그리고 슬래시는 소설의 후반부에서 이 모든 것이 바로 "식민화의 효과(effects of colonization)"(181쪽)이며 백인 정부가 노리는 것이 바로 이것임("The government weakens us by making us fight each other")(193쪽)을 자각한다. (성장소설로서 이 작품에서) 주인공 슬래시의 '성장'은 이와 같은 자아 내부의 분열과 집단으로서의 원주민 내부의 분열을 동시에 극복해나가는 과정이나 다름없다. 이는 다름 아닌 원주민성 혹은 "인디언 방식"에 대한 진정한 이해 혹은 그것의 회복을 통해서만 성취된다.

중요한 것은 이 소설 속에서 슬래시가 이 모든 형태의 분열을 극복해나가는 전 과정이 철저하게 사회적·역사적 관계 속에서 진행된다는 사실이다. 슬래시는 단 한 번도 가족과 사회 공동체로부터 유리되지 않으며, 그의 좌절과 성장의 모든 과정은 철저하게 공동체 안의 다른 인물과의 다양하고도 복잡한 관계 속에서 이루어진다.

루카치는 또한 모더니즘 문학이 인간 내면의 정신 병리학에 사로잡힌 나머지 객관 현실의 존재를 부인하고 희석화한다고 비판하는데(Lukács, pp.193~197), 모더니즘의 이 같은 입장은 궁극적으로 역사(history)와 그것의 발전(development)의 개념에 대한 거부로 이어지고 궁극적인 의미에서 미래에 대한 전망의 상실로 나타난다고 본다(Lukács, pp.200~201). 그가 볼 때 호메로스(Homeros)에서 토마스 만(Thomas Mann) 그리고 고리키(Gor'kii Maksim)로 이어지는 리얼리즘의 유구한 전통은 "변화와 발전(change and development)"을 문학의 진정한 주제로 간주한다(Lukács, p.201).

　루카치가 지적한 바 리얼리즘의 이와 같은 특징은 『슬래시』의 서사전략으로 그대로 이어진다. 이 작품에서 슬래시의 시선은 줄곧 내적 식민지라는 객관 현실과 그것의 발전과 미래라는 시간선(時間線)을 향해 있으며, 그의 탈식민 로맨스는 이 시간선 위에 서 있는 한 정신적 유목민의 아슬아슬한 곡예이다. 소설의 후반부에서 그는 매그와 결혼을 함으로써 모든 방황을 뒤로한 채 행복한 정주(定住)의 삶을 선택할 듯 보이지만, 아내이자 원주민 인권운동의 동료이기도 한 매그마저 불의의 교통사고로 사망을 하고 만다.

　그러나 그에게는 인디언말로 "어린 추장(Little Chief)"이라 불리는 아들이 남아 있고, 그에게 아들은 "미래를 향한 확장된 시간선상에 서 있는 나(그, 슬래시)의 일부분(the part of me that extends in a line up towards the future)"이다. 이리하여 슬래시의 탈식민 로맨스는 세대를 이어 계속되는바, 그의 시선이 늘 이렇게 변화하고 발전하는 객관 현실을 응시하고 있다는 점에서, 슬래시는 리얼리즘 텍스트의 전형적인 주인공이 아닐 수 없다. 어린 아들에게 하는 슬래시의 다음과 같은 말을 보라.

　　너는 우리의 희망이다. 너는 특별한 세대의 인디언이란다. 네가
　　살아갈 세상은 힘들겠지만, 그래도 너는 자랑스러운 인디언으로

자라날 것이다. 그것이 우리 중 어떤 사람들보다도 너를 다르게 만들 것이다. 내가 할아버지가 설명하셨던 방식으로 인디언의 길을 지켜나가고 너의 권리들을 보호한다면, 너는 백인들이 변하도록 도움을 주는 세대가 될 것이다. 왜냐하면 너는 증오로 가득 차 있지 않을 것이니까. 그것이 바로 예언(자)들이 네 세대가 특별한 세대가 될 것이라고 말하는 이유란다.

You are our hope. You are an Indian of a special generation. Your world will be hard, but you will grow up proud to be Indian. That will make you different than some of us. If I keep to the Indian path and protect your rights the way Pra-cwa explained, you will be the generation to help them white men change because you won't be filled with hate. That's why the prophesies say your is a special generation. (206쪽)

우리가 이 대목에서 주목할 점은, 슬래시가 다음 세대가 자신의 세대와 다른 "특별한 세대"가 될 것이라고 말하면서, 그 이유가 바로 "증오"를 버리는 데 있다고 말하는 부분이다. 슬래시가 수많은 탈식민 투쟁의 과정에서 겪었던 절망은 항상 식민자에 대한 극단적인 증오를 동반하는 것이었으며, 출구 없는 싸움의 과정에서 그는 번번이 폭력에의 유혹에 시달린다. 그러나 폭력마저 탈식민화의 궁극적 해결책일 수 없다는 사실이 항상 밝혀지고, 극도의 무력감과 절망 속에서 그가 늘 찾는 것은 술과 마약이었다.

그는 반복되는 악순환 속에서 마침내 "완전한 패배(total defeat)"(158쪽)를 자인하게 되고 정신적으로나 육체적으로나 거의 폐인이 되다시피 한다. 그런데 이 무렵 그는 마약 중독자와 알코올 중독자를 돌보는 어떤 인디언 캠프(detox camp)를 우연히 알게 되고 이들의 도움을 받게 된다. 이곳에서 그는 약 6개월 정도를 머물며 "종교적일 정도로 깊이 인디언 방식(deeply religious in the Indian way)"(161쪽)으로 사는 동료 원주민(medicine people)을 만나게 된다. 그는 이곳에서 인디언식 의술(Indian medicine)을 통해 서서히 마약과 알코올에서 벗어나게 되고, 어려서부터 늘 그의 주위를 맴돌았지만 단 한번도 그의 것이 되지 않았던 이른바 "인디언 방식"을 체화하게 된다. 그가 이 인디언 공동체를 통해 깨달은 것을 한 마디로 요약하면 그것은 바로 나눔의 정신이다("I never knew just how full a person's life could be just to share it with someone you enjoyed it with you")(189쪽).

이 소설의 서두에서부터 마지막까지 "인디언 방식"이라는 말은 마치 주문(呪文)처럼, 노래의 반복되는 후렴구처럼 텍스트의 곳곳을 떠다닌다. 그러나 그것은 슬래시가 극단의 좌절과 절망을 거쳐 모든 에너지를 소진하고 죽음 가까이 갔을 때가 되어서야 비로소 내려 앉아 슬래시와 하나가 된다. 슬래시는 탈식민 투쟁의 모든 도정에서 늘 항상 무엇인가가 "빠져 있음(missing)"을 느껴왔는데 이것이 바로 "인디언 방식"이었던 것이다. 이것은 슬래시의 탈식민 로맨스가 도달한 최후의 해답이었다.

그리고 "인디언 방식"은 무엇보다도 "선함과 서로 돌봄과 나눔(the goodness, the caring and the sharing)"(164쪽)에 토대한 공동체를 지향하며, 사람들을 중상, 비방하기보다는 일으켜 세운다("A good strong Indian won´t tear people down but build them up.")(166쪽). 그것은 인디언의 문화와 전통을 존중하며, "자연스런 인간의 리듬(natural human rhythms)"(183쪽)을 거스르지 않는다. 그것은 비판과 비난, 증오와 폭력 보다는 사랑과 포용을 지향한다.

물론 이 사랑과 포용이 손쉬운 화해나 타협을 의미하는 것은 아니다. 그가 "인디언 방식"의 중요성을 확신한 이후에도 지미와 나눈 대화에서 "이제 우리는 천천히 탈식민화가 무엇인지 배우고 있다"(183쪽)고 말하는 대목은, 싸움의 포기가 아니라 앞에서 한 싸움이 무엇인가 결여된 싸움이었으며, 진정한 의미의 탈식민화가 이제야 서서히 시작되고 있다는 자기 확신의 고백이나 다름없기 때문이다.

이 소설의 후반부에서 슬래시가 아내 매그와 일종의 '사상투쟁'

을 벌이며 "순수하게 정치적인 지향을 가진 집회(meetings that were what I called purely politically orientated)"(177쪽)에 참석하기를 거부하는 것은 이런 의미에서 정치적 후퇴가 아니다. 그는 내적 식민지 안에서 식민화와 탈식민화를 지향하는 세력들의 충돌이 무엇을 의미하는지 그간의 수많은 경험을 통해서 잘 알고 있다. 다만 그 모든 전략과 전술의 근저에 무엇인가가 '빠져 있음'을 인식하고 있는 것이다. 따라서 "인디언 방식"은 탈식민화 투쟁의 포기가 아니라 그것의 보충(supplement)이며, 그것을 강화하는 모체(matrix)이다. 슬래시는 다만 그간의 싸움의 과정에 바로 이 모체가 빠져 있었음을 탈식민 로맨스의 장구한 서사 끝에 마침내 깨닫게 되는 것이다.

"인디언 방식"은 그리하여 "단순히 인디언들만의 생존이 아니라 비인간적 세계에서 인간적인 것의 생존(not only for their survival but for the survival of what is human in an inhuman world)"(207쪽)을 위한 더 큰 싸움을 지향한다. 슬래시가 소설의 가장 마지막 부분에서 아내 매그의 시신이 집에 도착했을 때, 즉 수많은 비극과 절망에 덧씌워진 마지막의 더 큰 비극 앞에서, 오히려 "이제 나의 절망은 끝났다(My despair was complete)"(207쪽)고 담담하게 고백하는 대목은, 그가 앞에서 보여준 절망과 고통의 깊이만큼이나 더 설득력 있는 울림으로 다가온다.

『슬래시』의 리얼리즘적 성취

우리는 지금까지 내적 식민지와 텍스트의 정치학이라는 관점에서 『슬래시』를 읽었다. 원주민 문학은 내적 식민지 안에서 백인 주류 담론과 팽팽한 긴장관계를 형성하고 있고, 주류 담론의 주인의 자리를 위협하는 전복의 수사학/정치학을 구사한다. 현대 원주민 문학은 주인의 언어로 주인의 담론에 흠집을 냄으로써 내적 식민지의 담론들을 다중강세화(multiaccentualization)한다. 원주민 문학은 자신을 사랑하지도 그것의 부분이 되기를 원하지도 않는 사회(내적 식민지) 속에 묶여 있지만("We would be in bondage to a society that neither loved us nor wanted us to a part of it")(205쪽), 주류 담론을 유일한 진리담론으로 인정하지 않는다.

그것은 주류 담론에 다양한 흠집을 냄으로써 중심/주변, 진리/거짓의 이분법을 해체하고 내적 식민지 안에서 나오는 다양한 목소리의 해방을 지향한다. 이런 의미에서 그것은 근본적으로 카니발적(carnivalesque)이다. 그러나 "유쾌한 상대성(jolly relativity)"을 활성화하는 원주민 문학의 전략은 단성적(單聲的)이지 않다. 그것은 내부의 단일강세화(uniaccentualization) 역시 허락하지 않는다. "인디언 방식"은 의견의 통일보다 서로 다른 의견들의 존중을 지향한다. 인디언들이 내부에서 서로 자신의 입장만을 관철시키기 위해 (단일강세화) 싸워서는 안 되며, 그것이야말로 백인 정부가 원하는 일임을 지적하면서 슬래시가 하는 다음의 말은, "인디언 방식"의 열린 태도를 보여준다.

> 모든 입장은 중요하며 모든 의견은 자신을 위해 노력할 권리가 있다. 우리는 모두 서로를 부추겨주어야만 한다. 이것이 바로 내가 생각하는 바이다.

> Each position is important and each has the right to try for it. We should all back each other up. That's what I think. (193쪽)

『슬래시』가 내적 식민지라는 담론의 장에서 취하는 정치학은 크게 두 가지였다. 그것은 첫째로 성장소설과 로맨스의 서사를 동원해, 감추어진, 억압된 식민의 역사를 복원하는 것이고, 둘째로는 리얼리즘의 창작방법을 끌어들여 객관 현실의 올바른 재현을 성취하는 것이었다. 리얼리즘의 창작방법은 세계관에서도 원주민 세계관, 즉 "인디언 방식"과 친족유사성(family resemblance)을 가지고 있는 것이어서 성장소설/로맨스의 서사를 강화하고 완성시키는 데 도움이 되는 것이었다.

『슬래시』의 리얼리즘적 성취는 이 작품이 여성을 대하는 태도에서도 두드러지게 나타난다. "슬래시"라는 이름에서 드러나다시피 이 소설의 주인공은 일정하게 마초(macho)적 기질이 있는 남성이다. 그를 위시해 소설 속의 수많은 남성 원주민운동가들은 탈식민 저항의 현장에서조차 이른바 "아가씨들(chicks)"과의 값싼 교제를 (시위가 끝난 후에) 마치 '디저트'처럼 즐긴다는 점에서 가부장적 이데올로기에서 크게 벗어나지 못한다.

그러나 탈식민 로맨스에서 슬래시를 성장의 도정으로 인도하는 결정적인 인물들은 대부분 여성들이다. 그가 마약 딜러의 심부름꾼으로써 방탕한 생활을 하다가 처음으로 탈식민 담론을 몸으로 이론으로 접하고 투쟁의 현장에 뛰어든 것은 다름 아닌 마르디라는 여성 때문이었다. 그녀를 통해 그는 처음으로 원주민 공동체를 위한 이타적 삶을 살게 된다. 그는 점차 여성을 "아가씨"가 아닌

"민중의 힘"으로, 지혜의 원천으로 받아들이게 된다("We learn early from our mothers and grandmothers that it is women who are the strength of the people.")(122쪽).

그가 "인디언 방식"을 더욱 깊이 이해하게 된 것도 훗날 자신의 아내가 되는 매그의 어머니로부터였다(184~185쪽). 그는 또한 정치적 입장의 차이에도 불구하고 아내를 권력관계(지배/종속)가 아닌 탈식민 로맨스의 동료로 존중하며 자신의 입장을 강요하지 않는다. '성숙한' 슬래시에게 여성들은 오랜 인디언의 전통 담론이 받아들여왔던 것처럼, "어머니인 대지(Mother Earth)"였던 것이다.

『슬래시』의 이 모든 성취에도 불구하고 이 작품이 '교육적' 욕망에 일정 정도 억압되어 있는 것은 아쉬움으로 남는다. 라이트(Richard Wright)의 『토박이(Native Son)』가 아프리카계 미국 문학의 중요한 성취임에는 분명하지만, (법정에서의) 지나치게 이론적이고 학문적인 긴 변론 장면 때문에 '소설 미학'에 일정한 흠집을 남겼다면, 『슬래시』에서 미적 장치들로 포장되지 않은 탈식민 논리가 날것으로 빈번히 노출되는 것은 이 작품의 일정한 한계로 남을 것이다. 그리고 (물론 이런 오점이 이 작품의 성취를 압도할 정도는 아니지만) 이는 캐나다 원주민 문학을 포함해, 정치적 발언의 강세(accent)가 두드러진 모든 문학이 다소간 경계해야 할 부분일 것이다.

제4장

경계와 헤게모니

리 매러클의
『레이븐송』

리 매러클 Lee Maracle

매러클은 1950년 캐나다 브리티시컬럼비아주 밴쿠버에서 태어났으며,

퍼스트 네이션스인 스톨로 원주민 출신의 시인이자 작가이다.

특히 인디언 여성문제에 관심이 많으며 1990년『체류자의 진실과

다른 이야기들(*Sojourner's Truth and Other Stories*)』을 출간한 이래로

『선독스(*Sundogs*)』(1991),『레이븐송(*Ravensong*)』(1993),『딸들은

영원하다(*Daughters are Forever*)』(2002),『윌의 정원(*Will's Garden*)』(2002),

『셀리아의 노래(*Celia's Song*)』(2014) 등의 소설과 시집『벤트 박스(*Bent*

Box)』(2000),『디아스포라에게 말 걸기(*Talking to the Diaspora*)』 등을 냈다.

경계에 대한 성찰문학

현대 캐나다 원주민 작가인 리 매러클(Lee Maracle, 1950~)은 밴쿠 버에서 태어나 북밴쿠버(North Vancouver)에서 성장했다. 메티스인 어머니와 샐리시(Salish) 원주민 아버지 사이에서 태어난 그녀는 청년 시절부터 지금까지 수십 년 동안 다양한 현장을 통해 캐나다 원주민의 '비극적' 현실을 알리는 작업을 해왔다. 작품 활동 외에 근래 들어 캐나다의 여러 대학에서 원주민 문화와 문학에 대한 강의를 진행해왔다.

최근(2017)에는 토론토대학(U of Toronto)의 마크 S. 본햄 성적 다 양성 연구센터(Mark S. Bohham Center for Sexual Diversity Studies)로부 터 "성적 다양성에서 원주민의 리더십(indigenous leadership in sexual diversity)" 향상에 공헌한 것을 인정받아 '본햄 센터 상(Bonham Centre Award)'을 받기도 했다.

미국 원주민 문학 연구에 비해 캐나다 원주민 문학에 대한 연구는 지금까지 매우 빈약한 편인데, 이런 상황은 한국뿐만 아니라 (대부분의 원주민 작가의 경우) 캐나다 현지에서도 마찬가지이다. 그러나 매러클의 『레이븐송』(1993)[11]은 캐나다 현지에서 상대적으로 많은 연구자들의 주목을 받고 있으며 이 작품에 대한 연구도 지속적으로 축적되고 있다. 이는 이 작품이 가지고 있는 문학적 완성도에 기인한 바가 큰데, 특히 (레이븐과 관련된) 아름다운 문장들과 탄탄한 플롯, 원주민/백인 문화 사이의 갈등과 긴장에 대한 치열한 문제의식 등이 돋보인다.

원주민 문학은 주로 자기의 땅에서 유배당한 피식민자(the colonized)들의 삶을 다루지만, 인종 담론으로 그치지 않고 그것과 환유적으로 겹쳐 있는 권력·계급·젠더 담론을 끌어들인다는 점에서 우리의 주목을 요한다. 원주민 문학은 (분리 불가능하게 얽혀 있는) 인종·권력·계급·젠더 문제를 집약적으로 다루고 있다. 그뿐만 아니라 허구이지만 (마치 다큐멘터리처럼) 역사적 현실에 뿌리를 박고 있기 때문에 더 큰 설득력을 갖는다.

이 책에서는 매러클의 『레이븐송』을 내적 식민지 안에서 식민/피식민 세력 사이에 발생하는 공간적 실천과 대화적 관계의 개념으로 읽어내고자 한다. 레이븐의 예언적 담론이 식민/피식민 공간 사이의 열린 관계, 대화적 관계를 요구하고 있다면, 이 소설에서 원주민/백인은 각기 폐쇄적 경계 공간(space of demarcation)의 완강한 주체들이다. 이런 점에서 이 작품은 경계에 대한 성찰, 경계에 대한 긴장의 텍스트이며, 경계에 갇혀 경계와 싸우는 소설이다.

경계와 헤게모니

이 소설의 서두에는 주인공 스테이시(Stacey)의 어린 동생 셀리아 (Celia)의 다음과 같은 몽상이 등장한다.

> 바다에서 마을 쪽으로 키 큰 배가 바람에 돛이 부풀어 오른 채 다 가오고 있었다. 그것을 본 마을 사람들은 모든 하던 동작을 멈추 었다. 해변에 모여 있는 사람들의 수가 점점 늘어나고 있었는데, 이들에게 인사라도 하듯 그 배는 작은 보트를 해안 쪽으로 보냈 다. 보트에는 여자들이 한 명도 없었다. 배에도 여자들은 없었다. 남자들은 총총걸음으로 연회 때 사용하는 자신들의 가장 큰 나무 통들—자신들의 카누와 아주 비슷한 모양의 깎아 만든 통들을

끌어왔다. 젊은 여자들이 배 위에 올라탔다—모두 50명이었다.

셀리아의 어린 몸이 꼼짝 않고 태아처럼 움츠러들었다. 여자들은

마을로 돌아왔다. 그들은 최초의 접촉 불가능한 질병의 피해자들

이 되었다. 새로운 도덕적 감성이 반드시 요구되었고 이 사건 직

후에 낡은 원주민 문화는 죽음을 가져왔다. 마을 사람들 사이에

인간적 욕구에 대해 관습적 만족을 가졌다주었던 것들이 이제는

죽음을 가져왔다. 다시는 늑대 여자들도 같은 방식으로 남자들을

섬길 수 없었다. 두려움과 한기와 앙상한 느낌이 셀리아의 자아

안으로 엮여 들어왔다.

Approaching the village from the sea was a tall ship, sails
billowing in the wind. All activity in the village halted. The ship
sent a small skiff out to greet the growing number of people
gathering at the shoreline. There were no women in the boat. No
women on the ship. The men scurried about, dragged out their
largest feast bowls—huge carved containers, shaped much like
their canoes. Young women were sent aboard the ship—fifty in
all.

The child's body seized up, twisted itself into fetal position.
The women were returned to the village. They became the first

untouchable victims of disease. A new moral sensibility was required and the old culture died just a little after that. What had been the customary gratification of human need had brought death among the villagers. Never again would wolf women serve men in quite the same way. Fear, cold and thin, wove itself into Celia's self. (2쪽)

셀리아의 몽상은 이 소설의 배경인 1950년대를 기준으로 무려 1세기 전 유럽인과 원주민 부족의 최초의 만남을 재현하고 있다. 유럽인은 외부로부터 내부로, 즉 '저기'에서 '여기'로 들어오는 타자들로 묘사된다. 유럽인에게 원주민은 철저한 타자들이며 경계와 전유(專有)의 대상이다. 그들은 해안으로 직접 내려오지 않고 바다 위에서 원주민들에게 텅 빈 보트를 보낸다. 유럽인이 원주민들에게 보인 최초의 반응은 무언가를 '요구'하는 것이었다. 원주민들은 연회 때에나 사용하는 커다란 나무통을 끌고 와 여자 50명을 그들에게 태워 보냄으로써 그들의 요구에 응답한다.

셀리아의 몽상은 유럽인들의 배 위에서 이 여자들에게 무슨 일이 벌어졌는지 구체적으로 설명하지 않는다. 그러나 배에서 돌아온 여인들이 "최초의 접촉 불가능한 질병의 피해자들"이 되었다는 것은, 이들이 성적으로 유린되었음을 암시한다. "새로운 도덕적 감성"이 생겼다는 것은 이 사건이 원주민 공동체의 정신세계에 심각한 타격과 변화를 초래했음을 의미한다. 원주민에게 인간적 욕구의 자연스런 충족을 의미하던 성교는 이제 약탈과 죽음의 기표로 바뀌었다.

셀리아의 몽상은 침략자인 유럽인과 북미대륙 원주민 사이의 만남이 처음부터 원주민에게는 '유린(蹂躪)'이었으며, 유럽인에게는 '착취'였음을 잘 보여준다. 아름답고 평화로웠을 해변은 그곳에서 최초로 마주친 두 집단주체들에 의하여 분리와 경계의 공간으로 바뀐다. 세르토(Michel De Certeau)에 따르면 장소란 공간으로 전유되기 이전의 추상적·중립적·기하학적 지도와 같은 것이다. 장소 안에서 사물들은 저마다 정해진 위치와 자리를 차지하고 있다. 장소는 "위치들(positions)의 즉각적인 배열체"로서 그 어느 것에 의해서도 특칭되지 않은 "안정성"을 가지고 있다.

장소가 공간으로 바뀌는 것은 주체의 개입에 의해서이다. 주체가 자기만의 고유한 방향과 속도와 벡터(vector)들을 장소 안으로 끌어들일 때에야 비로소 공간이 탄생한다. 그러므로 "공간은 유동적 요소들의 상호교차(intersections of mobile elements)로 이루어져 있다"(Certeau, p.117). 유럽인과 원주민이라는 "유동적 요소들의 상호교차"가 장소를 공간으로 바꾼다. 이런 점에서 "공간은 실천된 장소이다"(Certeau, p.117). 세르토의 이런 생각은 르페브르

(Henri Lefebvre)의 "공간적 실천"(spatial practice) 개념을 발전시킨 것인데, 르페브르에 따르면 모든 "(사회적) 공간은 (사회적) 생산품이다"(Lefebvre, p.26). 장소로서의 해변이 유린과 착취의 공간으로 바뀌는 것은 유럽에 의한 북미대륙의 식민화라는 사회적 맥락 때문이다.

『레이븐송』에는 크게 두 개의 장소가 등장한다. 하나는 원주민들이 사는 마을이고, 다른 하나는 백인들이 거주하는 시내이다. 이 두 장소는 강의 양 편으로 나뉘어 있으며 그 사이에는 다리가 놓여 있다. 원주민들 중 이 다리를 매일 건너 백인들의 공간을 오가는 유일한 존재는 바로 스테이시이다. 스테이시는 열일곱 살의 여성으로 백인 지역 고등학교에 재학 중인 학생이다. 그는 학교에 가기 위해, 그리고 집으로 오기 위해 매일 이 다리를 건넌다. 스테이시에 의해 점유되기 전에 이 두 곳은 "실천된 공간"이 아니라 장소에 불과하다.

세르토는 장소를 "두 사물들이 동일한 자리에 있을 가능성을 배제하는"(Certeau, p.117) 곳이라고 정의하는데, 이런 의미에서 강의 양쪽은 오로지 각각의 동일성의 논리가 지배하는 장소이다. 원주민의 장소에 백인의 문법이 공존할 수 없는 것처럼, 백인의 장소에서 원주민의 문법은 통용되지 않는다. 다리를 경계로 두 개의 거주지는 각각의 '안정성'을 보유하며 상호작용, 틈입, 혹은 대화적 관계를 거부하는 "단성성(monophony)"(Bakhtin)의 장소이다. 독자의 입장에서 볼 때 이 두 '장소'를 '공간'으로 바꾸는 것은 스테이시다. 스테이시는 본인에만 허락된 "유동성"을 이용해 두 장소를 오가며 원주민 마을의 관점에서 백인의 마을을, 백인의 입장에서 원주민 마을을 읽는다. 스테이시에 의해 두 장소는 정체성을 의심당하고 훼손당한다.

세상에, 때는 벌써 1954년이었다. 백인들이 다가올 컴퓨터 혁명과 더불어 아프리카의 반(反)식민 전쟁들이 점점 더 커지고 있음을 논의하고 있을 때, 그녀의 아빠는 여전히 빌어먹을 짐마차 말들을 끌고 인디언 보호구역의 언덕을 오르고 있었던 것이다.

It was 1954, for gawd's sake. Her dad still space-logged the hills of the reserve with a pair of damned Clydesdales while white kids' folks discussed the burgeoning anti-colonial wars of Africa alongside the coming computer revolution. (15쪽)

폴리는 백인들이 그녀를 위해 세워놓았던 교만스런 불안정성의 지붕 아래에서 죽었던 것이다. 그들은 어떤 인간도 따를 수 없는 도덕을 만들고 실제로 그 도덕적 코드 안에서 살았는지 여부가 아니라, 이런 코드에 따라 살았다고 사람들을 기만할 수 있는지 없는지에 토대한 판단의 시스템을 확립했던 것이다.

Polly had perished under the dome of arrogant insecurity her people had erected for her. They set up morals no human could possibly follow, then established a judgment system based not on whether or not you actually lived within the moral code, but whether or not you could deceive people into thinking you lived by this code. (54-55쪽)

첫 번째 인용문은 스테이시가 백인의 관점에서 원주민 문화를 읽은 것이고, 두 번째 인용문은 원주민의 관점에서 백인 문화를 읽은 것이다. 스테이시의 왕복운동이 부재할 때, 양쪽은 침해당하지 않은 안정된 장소로 존재한다. 스테이시가 다른 언어를 다른 장소에 들이댈 때, 단성적 장소는 다성적(polyphony) 공간으로 변형된다. 스테이시의 발화는 이렇게 동일성을 훼손하며 혼종성(hybridity)의 공간을 생산한다. 스테이시의 개입에 의해 양쪽의 언어는 빈틈을 드러낸다. 그리고 이 빈틈은 다른 언어가 다른 언어로 진입하는 통로이다.

다른 언어가 다른 언어로 들어갈 때 '이어성(異語性 heteroglossia)'

의 대화적 관계가 생겨난다. 바흐친에 따르면 "이어성의 언어들은 서로를 비추는 거울들처럼 각기 자신의 방식으로 세계의 한 조각, 작은 모퉁이를 비추면서, 우리로 하여금 서로 비추는 측면들 뒤에 있는 더 넓고 더욱 다(多)층위적인 세계를 가늠하고 파악하게 한다"(Bakhtin, 1981, pp.414~415). 스테이시의 발화에 의해 원주민의 언어와 백인들의 언어는 서로를 비추게 되고, 평면적 담론은 입체적 담론으로 변형된다.

그러나 스테이시가 만들어내는 다성성의 공간은 오로지 독자들의 시선에서만 포착된다. 유동성을 갖지 못한 양쪽의 인물들은 오로지 자신들의 언어로 타자를 이야기할 뿐 서로를 비추지 않는다.

엄마는 감당할 수 없는 실망감에 머리를 흔들었다. 자신을 죽이다니, 이것은 그녀가 도무지 이해할 수 없는 것이었다. 그것은 생각조차 할 수 없는 일이었다.

"토머스 할아버지가 우리에게 경고했었지. 우리가 그들과 같은 음식을 먹는다면 우리도 그들처럼 미쳐버릴 거라고 말이야." 엄마가 말했다. "그들은 분명히 그런 식으로 살아가는구나."

Momma shook her head in helpless consternation. This was beyond her knowledge, to kill yourself. It was so unthinkable.

"Grampa Thomas warned us. If we eat like them we'll go crazy like them," Momma said. "It must be how they live." (136쪽)

"우린 저 여자들이 뽑아버리는 것을 먹어." 그녀가 캐럴에게 말했다.
"우우 세상에, 농담이겠지."
"내가 왜 농담을 하겠니." 이번에는 캐럴이 놀라 멈추어서 충격을 받은 듯 빤히 쳐다보았다. 이것이 스테이시가 캐럴에게 자신의 사생활에 대해 말한 유일한 것이었다.

"We eat what them women are tossing," she said to Carol.
"Ohhh, you're kidding."
"I wouldn't kid you about a thing like that." Now it was Carol's turn to stop and stare in shock. It was the only thing Stacey had ever told her about her private life in the village. (22쪽)

첫 번째 인용문은 (스테이시의 백인 급우인) 폴리의 죽음을 대하는 스테이시 어머니의 태도를 잘 보여준다. 옳고 그름을 떠나 원주민은 백인들과 전혀 다른 논리를 가지고 있으며 타자인 백인의 삶의 방식을 이해하려하지 않는다. 두 번째 인용문은 백인들이 정원에서 잡초로 뽑아버리는 컴프리(comfrey), 민들레, 질경이, 말런(mullein) 등이 원주민에게는 음식이라고 설명하는 스테이시와, 그것을 듣고 역겨워하는 (스테이시의 유일한 백인 친구인) 캐럴의 반응을 보여준다.

이처럼 원주민 마을과 백인 도시의 주체들은 처음부터 끝까지 일관되게 구분과 경계의 장소에서 한 발자국도 빠져나오려 하지 않는다. 게다가 초점화자(focalizer)이자 양쪽을 왕래하는 스테이시 역시 백인 문화에 대한 "인류학적인 분석"(Dadey, p.114)을 보여주기는 하나 일관되게 원주민의 입장을 유지함으로써, 두 장소 사이의 대화적 관계는 좀처럼 발생하지 않는다. 따라서 두 마을을 잇는 다리는 소설이 끝날 때까지 대화의 자리가 아니라 고정된 분리의 자리로 남는다.

그나마 스테이시가 원주민 문법을 고수하면서도 늘 백인 담론의 주위를 배회하며 그것을 원주민 공동체에 끌어들이려 한다. 대학을 졸업한 후 원주민 마을에 돌아와 학교를 세우고 자신이 습득한 '바깥'의 문화와 문명을 가르치려는 스테이시의 소망은 경계를 횡단하려는 그녀의 이와 같은 무의식적 욕망을 보여준다. 그녀는 이 소설에서 경계의 자리를 흔들고 그것에 "혼종성"(Bhabha)을 이식하려는 거의 유일한 인물이다. 그러나 스테이시의 이 모든 노력도 결국 수포로 돌아간다. 원주민 담론과 백인 담론 사이에는 아무런 "모방(mimicry)"(Bhabha)도, 상호침투도 일어나지 않으며, 경계는 결코 훼손되지 않는다.

이 작품의 이와 같은 전체 구도는 (백인-원주민 사이의) 식민/피식민의 구도가 헤게모니 싸움에 토대한 오랜 역사의 산물이며, 그것의 해결 역시 녹록한 것이 아님을 보여주기 위해 의도적으로 설정된 것이다. 매러클은 두 집단 사이의 화해 불가능한 분리와 경계에 주목하면서 사실상 백인 독자들을 철저하게 외면하고 있다. 매러클은 한 인터뷰에서 자신이 오랫동안 백인 독자들을 위해 글 쓰는 것을 원치 않았으며, 백인 독자들이 자신의 작품을 읽는 것을 꺼려왔다고 밝히고 있다. 매러클은 어떤 독자를 염두에 두고 이 작품을 썼느냐는 질문에 "내가 글을 쓸 때 염두에 두는 사람들은 바로 원주민이다"(Kelly, p.76)라고 답한다.

이 글의 서두에서 인용한 셀리아의 몽상처럼 이 모든 폭력 구도의 출발은 유럽인에 의한 폭력적 식민 지배이고, 매러클은 이 작품에서 의도적으로 백인 독자들을 외면함으로써 새로운 형태의 헤게모니 구도를 생산한다. 이 소설은 "비원주민(non-Native) 독자들에게서 관습적인 헤게모니를 제거함으로써, 원주민의 의식을 소설의 중심에, 비원주민 인물과 독자들을 주변에 위치시키고 있다"(Dadey, p.115). 다디(Bruce Dadey)에 따르면 이와 같은 "대항 헤게모니 내러티브 구조(counter-hegemonic narrative structure)는 입장들의 단순한 반전 이상을 의미한다. 이것은 역동적 대화를 조장한다"(Dadey, p.115).

이 소설은 현실에서 불가능한 헤게모니의 재분배를 텍스트 상에서 수행함으로써 백인 독자들을 대항 헤게모니의 주체로 만든다. 지금까지 헤게모니의 중심에 있던 백인 독자들은 처음으로 주변으로 밀려나면서 주변의 입장에서 원주민 중심의 문법에 도전하는 새로운 경험을 하게 된다. 다디가 말하는 "역동적 대화"란 이렇게 백인 독자들의 언어에 생겨나는 헤테로글로시아(heteroglossia)의 확산을 의미한다. 그리하여 오로지 동일성으로 가득 찼던 백인 언어는 최초로 소음(noise)을 경험하게 되는 것이다.

다시 대화를 향하여

원주민 중심의 동일성을 전경화(foregrounding)하면서 백인 중심의 동일성에 도전하는 이 소설은, 그러나 그 외곽에 레이븐이라는 트릭스터(trickster)를 배치함으로써 스스로 자신의 배타성에 균열을 낸다. 따라서 이 소설에는 대화적 통로를 여는 두 개의 동심원이 존재하는 셈이다. 그런데 그 하나는 백인 중심의 담론을 훼손하는 원주민 중심의 담론이고, 다른 하나는 백인 중심과 원주민 중심의 담론을 동시에 깔아뭉개는 트릭스터의 담론이다.

레이븐은 (이 소설의 원주민인) 캐나다 서해 연안 샐리시 부족의 신화에 등장하는 영적 존재이다. 북미원주민 부족의 신화에 등장하는 가장 흔한 트릭스터는 코요테와 레이븐이다. 북미원주민 신화에서 트릭스터는 항상 양가적 존재로 묘사된다. 그것은 지혜와 무지, 영웅과 바보, 선과 악, 파괴와 생산이라는 대척적 자질을 동시에 가지고 있는 존재다. 그것은 항상 가치의 극단에 양다리를 걸침으로써 모든 형태의 규정에서 벗어난다. 이 작품에 등장하는 레이븐 스토리 역시 마찬가지이다. 레이븐은 백인 문화와 원주민 문화의 외곽에서 두 문화의 완고한 동일성을 희화화하며 그것들을 죽임으로써 새로운 질서를 생산해내려는 계획의 담지자이다.

변화란—실로 속이 뒤틀리는—심각한 작업이다. 인간들이 그것에 접근하려면 어마어마한 강도가 중요하다. 거대한 폭풍이 대지를 바꾸고, 삶을 성숙시키고, 세계에서 낡은 것을 제거하고, 새것을 끌어들인다. 인간들은 그것을 재난이라고 부른다. 레이븐은 까악 하고 울며 그것이 재난이 아니라 그저 탄생(birth)이라고 부른다. 인간의 재난은 정확히 대지의 재난처럼 눈물과 슬픔을 동반하지만, 오로지 대지만이 슬픔의 쓴맛을 덜 가진다. 레이븐은 여전히 확신하고 있었다. 그가 실행하려는 이 재난이 마침내 사람들을 깨어나게 할 것이라고, 그리고 이들을 백인들의 도시로 몰고 가 그곳의 난장판을 치유하게 할 것이라고. 세더(Cedar)는 이에 동의하지 않았지만 다른 대안을 내놓지도 못했다.

Change is serious business —gut-wrenching, really. With humans it is important to approach it with great intensity. Great storms alter earth, mature life, rid the world of the old, ushering in the new. Humans call it catastrophe. Just birth, Raven crowed. Human catastrophe is accompanied by tears and grief, exactly like the earth's, only the earth is less likely to be embraced by grief. Still, Raven was convinced that this catastrophe she planned to execute would finally wake the people up, drive them to white town to fix the mess over there. Cedar disagreed but had offered no alternative. (5쪽)

레이븐의 계획은 바로 원주민 마을에 전염병(플루)을 일으키는 것이다. 레이븐은 집단적 죽음이라는 극약을 통해 원주민/백인의 이분법을 해체하려 한다. 레이븐이 "재난"을 "탄생"이라고 부르는 이유가 바로 이것이다. 레이븐의 이런 시도는 물론 실패로 돌아간다. 원주민 마을에 전염병이 창궐해도 백인들은 경계를 넘어 그들을 도울 생각을 전혀 하지 않는다.

대척적인 두 집단은 동일한 질병에 완전히 다른 방식으로 대처하며 이에 따라 두 집단의 경계와 분리는 더욱 공고해질 뿐이다. 백인들이 볼 때, 원주민에게 만연한 질병은 오로지 "3세대가 한 지붕 아래서 사는"(29쪽) 비위생적인 생활 때문일 뿐이다.

이 작품은 크게 볼 때 분리와 경계의 현실 그리고 그것을 횡단하고 무너뜨리고자 하는 (무의식적) 욕망의 교차로 이루어져 있다. 텍스트 표면이 분리와 경계의 불가피성 그리고 그것을 해체하는 것이 불가능하다면 텍스트의 무의식은 거꾸로 그것을 해체하려는 욕망을 향해 있다. 작품의 서두에 등장하는 세더(Cedar)와 레이븐은 텍스트의 이 두 층위를 상징하는 기표이다. 세더가 나무의 영령으로서 질서·고정성·안정성·지속성을 상징한다면, 레이븐은 새의 영령으로서 혼란·유동성·불안정성·변화를 상징한다.

세르토의 용어를 다시 인용하면, 세더가 습관화된 "장소"의 문법을 지배한다면, 레이븐은 유동적 "공간"의 문법을 상징한다. 매러클은 변할 수 없는 현실을 냉정하게 전경화하되, 그것을 전복시키려는 레이븐을 등장시킴으로써 자기 안에 있는 의식/무의식의 두 층위를 이중적으로 드러낸다. 레이븐은 이런 점에서 작가의 유토피아 욕망의 표현이기도 하다. 다리를 건너 양쪽을 왕복 운동하며 스테이시가 확인한 것은 두 집단 사이에 존재하는 무한한 차이의 목록이다. 그것은 움직일 수 없는 나무처럼 완강한 것이어서 어느 한쪽의 문법으로 다른 쪽의 언어를 읽는다는 것은 거의 불가능하다.

레이븐을 괴롭히는 딜레마는 어떻게 하면 사람들을 깨울까 하는 것이었다. 레이븐이 현재에 대한 그들의 강박적 초점을 느슨하게 할 수 있다면, 깊은 사유(思惟)가 복원될 것이다.

How to get the people to awaken was the dilemma which harassed Raven. If Raven could cut them loose from their obsessive focus on the now, deep thinking could be restored. (13쪽)

매러클은 한 인터뷰에서 다음과 같이 말한다. "우리 문화 안에서 레이븐은 변화를 만드는 자(transformer) 혹은 변화의 조짐을 나타낸다는 말을 꼭 하고 싶다. 우리 문화는 삶을 지속적인 영적 발전과 사회적 변화로 간주하는 문화이다. 그것이 우리들의 삶 속의 상수(常數)다. 그런데 이 사회는 안정성과 보수성(conservatism)를 상수로 가지고 있다"(Kelly, p.74). 매러클의 이 문장들 속에서 레이븐의 목소리와 원주민의 목소리는 행복하게 일치한다. 원주민의 문법은 경계를 넘어 대화의 장으로 가는 것이다. 레이븐은 "강박적 초점"을 교란시키는 주체이고, 작가의 유토피아 욕망은 재난을 감수하고라도 분리의 냉엄한 경계선들을 횡단하는 것이다.

리가트(Judith Leggatt)는 젠센(Allan Jensen)을 인용해 레이븐이 "혼란의 전형(the epitome of disorder)"이며, 원주민 전통에서 레이븐이

등장하는 스토리들은 하나같이 "근본적 단절(discontinuity)"을 보여준다고 한다. 그에 따르면 『레이븐송』은 "레이븐의 새로운 신화로서 식민화의 단절을 묘사함으로써 레이븐 내러티브의 전통을 지속하고 있다"(Leggatt, p.166). 이렇게 보면 레이븐이 현실의 경계들을 재난으로 뒤흔드는 것은 집단적 희생양들을 통해 현실을 (궁극적인 의미에서) 탈식민화의 상태로 완전히 재편하는 것을 의미한다. 이런 점에서 "죽음이 변화를 가져온다"(73쪽)는 레이븐의 말은, 한편으로는 고정된 현실의 완강한 지속성을, 다른 한편으로는 그것을 해체하는 것이 지극히 어려움을 의미한다.

독백적(monologic) 경계가 오래 지속될 때 서로 다른 두 영역 사이의 혼종적 모방은 부정적인 방식으로 일어난다. 백인의 공간에서 주로 발생하던 자살 행위, 가부장적 폭력, 성차별과 성폭행, 이혼, 물질주의와 개인주의는 이런 것과 상대적으로 무관했던 원주민 공간에서도 점점 더 확산된다. 이는 백인-원주민의 관계가 근본적으로 식민/피식민의 권력관계이며, 문화적 자산이 주로 권력에서 비(非)권력의 방향으로 이동함을 잘 보여준다. 경계가 지속되면서 지속적으로 파괴되는 공간은 권력의 영역보다는 권력에서 소외된 영역이다.

『레이븐송』에서 원주민 공동체를 내파시키는 모방의 대표적인 존재는 "올드 스네이크(old snake)"이다. 그는 사사건건 자신이 가부장임을 앞세우며 부인에게 폭력을 일삼는, 원주민 공동체 안에서 가장 배타적이며 이질적인 존재로 묘사된다. 올드 스네이크의 경우는 외부로부터 내면화된 억압이 측근에 대한 폭력으로 비화되는 전형적인 예를 보여준다. 문제는 분리와 경계의 방정식이 오래 가동될수록 원주민 공동체에 이런 부정적 모방의 강도가 점점 심해진다는 것이다.

레이븐은 드디어 변화의 때가 다가왔음을 감지하고 죽음의 전염병을 불러들임으로써 두 공간에 새로운 "감성의 재분배"(Jacques Rancière)를 시도한다. 이것은 (노아의 홍수처럼) 부끄러운 과거를 깨끗이 지우고 새로운 현재를 쓰려는 유토피아 욕망의 표현과 다르지 않다.

좌절된 욕망, 현실의 우위

레이븐의 기획이 식민지를 탈식민지로, 독백적 장소들을 대화적 공간으로 재편하려는 작가의 유토피아 욕망을 보여준다면, 이 소설의 결말에서 작가의 시선은 그와 같은 유토피아를 허락하지 않는 냉엄한 현실로 다시 돌아온다. 이 작품의 「에필로그」는 그로부터 25년이 지난 후의 스테이시의 회상으로 시작한다.

"그것은 1954년의 일이었지," 스테이시는 약 25년 후에 자신이 이렇게 말하는 것을 들었다. "그것은 우리가 공동체로서 맞서 싸운 마지막 전염병이었단다. 세상이 흘러들어왔고, 우리를 덮어 침묵 속에 마비시켰으며, 그다음 10년 동안 마을은 산산조각이

났다. 그 이후 여자들은 결혼을 해 떠났지. 그들은 떼를 지어 떠났어. 그 누구도 그 이유를 몰랐다. 그것은 마치 동일한 순간에 마을 전체의 의식이 변한 것 같았다. 여성들은 가족의 안정성을 상실했지. 그 때문에 마을은 그 부족의 토대를 잃었단다. 이제 우리는 우리 자신이 만든 전염병에 사로잡혀 있고, 어떻게 그것에 맞서 싸울지 알지 못하지."

"That was 1954," Stacey heard herself say some twenty-five years later. "It was the last epidemic we fought as a community. The world floated in, covering us in paralyzing silence and over the next decade the village fall apart. Women left to marry after that. They left in droves. No one knows why; it was as though the whole consciousness of the village changed at the same moment. The women lost the safety of family. The village lost its clan base because of it. Now we are caught in an epidemic of our own making and we have no idea how to fight it." (181쪽)

레이븐의 기획이 폐쇄적 경계의 장소를 대화적 공간으로 변화시키려는 것이었다면, 이 기획은 위에서처럼 완전한 실패로 끝난다. 이 작품의 전면에 걸쳐 여러 등장인물의 입을 통해 "레이븐이 너무 많아(Too much Raven)"라는 발언이 반복되는데, 이는 바로 유토피아 욕망의 공허함과 그것을 좌절시키는 현실적·정치적 힘의 우위를 강조하는 것이다.

레이븐의 공간적 실천의 결과 해체된 것은 백인들의 공간이 아니라, 원주민들의 공동체였다. 수많은 죽음들은 원주민 공동체의 '안정성'을 송두리째 빼앗아갔고, 이제 원주민들은 몸의 전염병이 아니라 정신의 전염병의 상태에 빠져 있다. 이들이 그것에 맞서 싸울 방법을 알지 못한다는 것은 출구가 완전히 상실된 현대 원주민들의 식민 상태를 고스란히 보여준다. 대학을 나와 원주민 마을에 학교를 세우고 '밖'의 공간을 '안'에 끌어들이려던 스테이시의 '대화적' 계획도 물거품이 된다.

"결국, 그들은 우리로 하여금 우리의 학교를 짓지 못하게 했지. 백인들이 사는 시내의 그 누구도 또한 나를 선생으로 고용하려 하지 않았어." 그녀는 공중으로 두 손을 번쩍 들어올렸다. 더 이상 말할 것이 남아 있지 않았다. "허락되지 않음"이야말로 그들의 삶에 남은 모든 것처럼 보였다.

"In the end, they would not let us build our school. No one in white town would hire me either." She threw her hands up into

the air. There was nothing else left to tell. "Not allowed" seemed
to be all there was left to their life. (181쪽)

"허락되지 않음"이라는 말은 백인-원주민 사이의 위계적 권력
관계를 정확히 보여준다. 백인들이 허락하지 않는 한 아무것도 얻
을 수 없는 일방적 관계가 피식민지의 현실이다. 오랜 집단 무의
식이 만들어낸 레이븐 신화도 먹히지 않는 척박한 현실이야말로
식민지 원주민의 공간이다. 매러클은 철저하게 고립된 원주민 공
동체를 재현하고, 그것에 유토피아 욕망을 덧씌우는 단계를 거쳐,
다시 파괴된 공동체의 객관적 재현을 통해 냉정한 리얼리스트로
서의 면모를 유감없이 보여준다.

이 소설의 마지막 부분을 점유하는 인물들은 스테이시의 아들
제이콥(Jacob)을 제외하고 모두 여성이다. 인종주의와 섹시즘의 가
장 큰 피해자인 이들은 모든 것을 잃은 자리에서도 다시 레이븐을
이야기한다.

그러나 이들의 입장은 바뀌어 있다. 이들은 이제 "레이븐이 너
무 많아"가 아니라 "레이븐이 충분치 않아(Not enough Raven)"라고
말한다. 최악의 현재에서 왜 레이븐이 충분치 않은지에 대한 제이
콥의 질문에 스테이시는 이렇게 대답한다. "걱정 마라, 아들아. 네
가 필요로 할 때 너도 그 대답을 알게 될 거야"(182쪽).

『레이븐송』의 이 마지막 문장은 세계를 정체성(停滯性)이 아니라 유동성으로 이해하는 북미원주민 정신을 잘 보여준다. 레이븐은 그 어떤 최악의 경우에도 사물의 고정성, 결정성을 인정하지 않는다. 레이븐은 유동성, 비결정성으로 모든 "크로노토프(chronotope)"(Bakhtin)를 열어놓는다. 세계의 속성이 이질적인 것들의 대화적 공존 그리고 그로 인한 유동성에 있다면, (최악의 경우에도) 영속적 현실이란 없다. 이 소설에서 북미원주민이 절망에서 벗어나며 다른 미래를 조심스레 꿈꾸는 것은, 레이븐이 상징하는 정신적 유산을 버리지 않고 있기 때문이다.

내적 식민지의 문제

북미원주민 문학은 일반적인 탈식민주의(postcolonialism) 패러다임으로 접근하기에 적절치 않는 특징들을 가지고 있다. 탈식민주의 이론이 주로 제3세계 하위주체들이 처해 있는 상황, 즉 제2차 세계대전 이후 사실상 종료된 직접적 식민 지배와 식민 후의 상황을 전제로 하고 있다면, 북미원주민은 아직도 직접적·영속적 식민 지배 상태에 있다는 점에서 근본적으로 다른 조건 속에 있다.

북미원주민에게 식민 상태는 먼 박물관의 이야기가 아니라 살아 있는 현재의 스토리이며, 영속화의 위험 속에서 사실상 해결의 기미가 거의 보이지 않는 내러티브다. 게다가 원주민은 북미 다인종주의의 평등 개념 아래 자기 땅의 원래 주인으로서 받아야 할 특수한 권리마저 박탈당하며 점점 더 '보이지 않는(invisible)' 존재가 되어가고 있다. 원주민 공동체가 갈수록 마약·자살·알코올·폭력·범죄의 기표들이 넘쳐나는 '인디언 게토(Indian ghetto)'로 변하는 이유도 이것이다.

나는 다른 글에서 북미원주민이 처해 있는 이런 상황을 '내적 식민지'의 개념으로 설명한 적이 있다. 내적 식민지란 "한 민족의 다른 민족에 대한 식민화의 역사가 영속화되면서, 하나의 동일한 국가·영토·사회 내부에서 자본과 권력을 독점한 식민세력에 의해 피식민 세력이 지속적으로 착취당하고 억압당하는 현상과 그 공간"(오민석, 2008, 10쪽)을 가리켜 말한다.

내적 식민지의 특징 가운데 하나는 식민/피식민 세력이 동일한 국가, 민족의 구성원들이어서 피아(彼我)의 구분이 어렵고 불분명하다는 것이다. 겉으로 보기에 등위의 권력을 행사하고 있는 것처럼 보이는 집단들의 내부에서 식민 지배가 관습화·영속화되고 있기 때문에 내적 식민지의 풍경은 잘 보이지 않는다. 게다가 지속적인 동화(assimilation) 전략에 의해 원주민 공동체의 규모는 갈수록 축소되고 있다. 또한 내적 식민지의 피식민 세력과 식민 세력의 갈등은 인종·계급·젠더의 모순이 중층적으로 겹쳐 있어서 더욱 심각한 양상을 띠고 있다.

이런 상황에서 원주민 출신의 현대 작가들이 하는 작업은 사실상 그 자체 분투가 아닐 수 없다. 원주민 작가들은 다양한 방식으로 내적 식민지에 저항하고 있는데, 가령 토머스 킹이나 메릴린 듀몬트 같은 작가들은 실험적 기법으로 "악마의 언어"에 도전하고 있으며(Diana), 지넷 암스트롱, 비어트리스 컬리턴 같은 작가들은 전통적인 리얼리즘의 형식으로 내적 식민지의 현실을 재현하고 있다. 리 매러클은 이런 점에서 리얼리즘의 전통에 서 있는 대표적 작가 중의 한 사람이다.

사실 캐나다 원주민 작가들에 대한 연구는 캐나다 내부에서조차 별로 활발한 편이 아니어서 그 자체 철저한 무관심의 영역에 내던져진 내적 식민지의 모순을 드러내고 있다고 할 수 있다. 한국의 경우만 해도, 미국 원주민 작가에 대한 연구가 상당 정도 축적되고 있는 것에 비해, 지금까지 (한국에서) 캐나다 원주민 작가의 텍스트들에 대한 연구는 거의 없다. 그러나 캐나다 원주민의 식민화 과정은 미국 원주민의 그것과 매우 다르기 때문에 동일시의 실수에 빠져서는 안 되며, 서로 다른 방식으로 접근할 필요가 있다.

리 매러클은 『레이븐송』에서 현재로서는 사실상 거의 해결할 수 없는 캐나다 원주민 공동체의 모순을 매우 냉정하게 재현하고 있다는 점에서 돋보인다. 매러클은 내적 식민지의 적대적 두 세력이 전혀 다른 문법을 가진, 뿌리에서부터 분리와 경계의 집단이라는 사실을 절망적으로 그려내고 있으며, 그 경계의 해체와 재편의 욕망을 레이븐이라는 신화적 존재를 통해 보여준다. 레이븐은 이런 점에서 내적 식민지의 가장 바깥에 있는 구원의 메신저이며 유토피아 욕망의 화신이다.

매러클은 자신의 텍스트 안에서 현실과 욕망을 서로 충돌시키면서, 현실 안에서 철저하게 무력해지는 유토피아 욕망의 얼굴을 들여다본다. 그럼에도 불구하고 모든 유토피아는 '도래할 미래'이므로 매러클은 희망의 끈을 놓지 않는다. 유토피아 욕망은, 즉 레이븐은 많으면 많을수록 좋은 것이므로, "너무 많은 레이븐"은 없다. 우리에겐 항상 "충분치 않은 레이븐"만 있을 뿐이다.

유배당한 자들의 서사전략
그리고 전복의 수사학

제1절 토머스 킹의
『캐나다 인디언의 짧은 역사』

토머스 킹 Thomas King

토머스 킹은 1943년 미국 캘리포니아주에서 태어났다. 그는 체로키 인디언, 독일과 그리스계 혼혈 출신인데 1980년에 캐나다로 이주한 이후 캐나다에서 활동하고 있으며, 현재 캐나다 온타리오주에 있는 구엘프 대학(U of Guelph) 영문학과 교수다. 그는 주로 소설을 집필하고 있으며 어린이책을 쓰기도 한다. 1990년 소설『메디슨 리버(*Medicine River*)』를 출간한 이래로『코요테 콜럼버스 이야기(*A Coyote Columbus Story*)』(1990), 『그린 그래스, 흐르는 물(*Green Grass, Running Water*)』(1993), 『한 좋은 이야기, 그 이야기(*One Good Story, That One*)』(1993), 『캐나다 인디언의 짧은 역사(*A Short History of Indians in Canada*)』(2005), 최근의 『악의의 문제(*A Matter of Malice*)』(2019)에 이르기까지 수많은 소설(집)들을 냈다. 2014년에 소설 『거북이 등(*The Back of the Turtle*)』으로 가버너 제너럴 영어소설상(Governor General's Award for English-language Fiction)을 받았다.

지배언어로 지배언어를 교란시키다

리오타르(Jean-Francois Lyotard)는 거대서사(grand narrative)의 폭력성에 대해 논하면서 "언어 게임들이 그 어떤 메타담론(metadiscourse)으로도 통합되거나 총체화될 가능성은 없다"(Lyotard, p.36)고 했다. 그러나 역사의 특정 시기마다 메타담론은 늘 존재하기 마련이며, 궁극적인 의미에서 총체화에는 실패할지라도 다양한 게임들을 통합화하고자 하는 노력을 포기하지 않는다. 푸코의 주장처럼 모든 담론들이 권력과 불가분의 관계를 맺고 있기 때문이다.

이리하여 담론의 다른 이름인 언어 게임들은 권력과의 관계 속에서 각기 제자리를 잡는다. 소서사(petit narrative)들로 이루어진 다양한 언어 게임들은 차이의 무한한 상대성으로 자유롭게 퍼져나갈 것처럼 보이지만, 그리하여 리오따르의 주장처럼 모든 발화들이 마치 게임의 "수(move)"(10쪽)처럼 장기판 위를 무한 질주할 것처럼 보이지만, 실제로는 그렇지 않다. 언어 게임들은 사회적 이해관계 그리고 그것을 중심으로 형성된 다양한 사회적 세력들의 그물망과 불가피하게 얽혀 있기 때문이다. 그것들은 권력의 분배에 따라 크게 중심담론 혹은 주변담론으로 위치화될 운명에 늘 처해 있는 것이다.

물론 중심담론과 주변담론 내부에도 다양한 층위가 존재하지만, 중심담론은 주변담론과 구별되며 주변담론을 끊임없이 '통합하고 총체화하는' 지배담론이다. 중심담론이 주변담론의 게임 규칙을 인정하지 않고 주변담론을 자신의 규칙에 통합하려고 하기 때문에 중심담론과 주변담론 사이에는 항상 정치적 긴장이 존재하기 마련이다. 적어도 역사적 시기의 일정 기간 중심담론은 주변담론에 대해 정치적 우위를 점하게 마련이며, 이런 의미에서 주변담론은 '억압당하는' 언어 게임이다. 프로이트의 무의식처럼 주변담론은 중심담론에 의해 억압당한 채, "회귀(return of the oppressed)"와 전복의 기회를 노린다. 볼로쉬노프는 이런 의미에서 언어를, 기호를, "계급투쟁의 각축장"(23쪽)이라고 했다.

우리가 이 글에서 소수 문학의 서사전략을 논하고자 하는 것도 바로 이런 맥락에서이다. 소수 문학(minor literature)은 물론 사회적 소수 집단이 생산하는 문학을 널리 일컫는 개념이지만, 이 글에서는 소수 문학의 개념을 들뢰즈와 가타리(이하 들뢰즈로 줄여 씀)의 것에서 빌려오고자 한다. 들뢰즈는 그의 『카프카: 소수 문학을 위하여(*Kafka: Toward a Minor Literature*)』에서 소수 문학을 "소수 민족의 언어로 쓴 문학이 아니라 주류 언어 내에서 소수 집단이 구축하는 문학"(16쪽)이라고 정의한다.

카프카(Franz Kafka)는 체코의 유대인이었지만 우즈베키스탄인이 러시아어로 글을 써야 하는 것처럼 주류 언어인 독일어로 글을 써야 했다. 들뢰즈가 보았을 때 이런 경우 작가는 마치 "구멍을 파는 개처럼, 굴을 파는 쥐처럼 글을 쓰지 않으면 안 된다." 그는 주류 언어라는 큰 땅덩어리에 구멍이나 굴을 파기 위해 "자신의 고유한 땅 밑 세계, 사투리, 자신만의 제3세계, 사막을 찾아내야 하는 것이다"(18쪽).

토머스 킹은 한국에 거의 알려지지 않은 혼혈 원주민 출신 캐나다 작가이다.[1] 그는 영어 지배의 국가에서 소수자인 원주민으로서 자신의 언어가 아닌—북미원주민에게는 문학 텍스트를 생산할 만한 고등 문자언어가 없었다—영어로 글을 쓴, 들뢰즈가 정의한 바 소수 문학을 수행한 작가이다. 1980년대에 들어서면서 본격적으로 가시화된 캐나다의 대표적인 현대 원주민 출신 작가는 대부분 '객관 현실의 올바른 재현'이라는 리얼리즘의 유구한 원칙에 충실했다. 예컨대 컬리턴이나 암스트롱 등은 지배언어에 대한 특별한 자의식이 없이, 백인 주류 사회에서 소수 집단으로서 원주민들이 겪어야 하는 억압과 차별 혹은 그들의 탈식민 투쟁의 현실을 사실적으로 재현하는 데 몰두한다[2].

이와 달리 토머스 킹은 지배언어에 대한 자의식이 매우 강하며, 식민 현실의 사실적 재현보다는 지배언어로 지배언어를 교란시키는 독특한 서사전략을 구사한다는 점에서 우리의 주목을 요한다. 이를테면 그는 재현(reproduction)이 아닌 생산(production)으로서의 문학을 지향하는 셈인데, 그의 텍스트는 중심담론과 주변담론이 충돌하는 굉음으로 가득 차 있다. 그는 (원주민 문학에 빈번히 등장하는) 교활한 코요테처럼 백인 지배담론을 마구 횡단하며 여기저기에 구멍과 상처와 흠집을 낸다.

이 책은 토머스 킹의 『캐나다 인디언의 짧은 역사』(2005)[3]를 통해 이와 같은 균열·흠집·구멍을 읽어내는 것을 목적으로 한다. 이 작품은 제목에서 드러나는 것처럼 역사서가 아니라 토머스 킹이 쓴 20편의 단편을 모아놓은 것이다. 그런데 이 작품은 20개의 단편소설로 엮어낸 '캐나다 인디언의 짧은 역사'이다. 그러나 이 텍스트에서 캐나다 인디언의 역사는 통시적 연대기(diachronic chronicle) 형태로 재현되지 않는다.

그것은 마치 들뢰즈의 리좀(rhizome)처럼 텍스트 안에 산발적으로 흩뿌려져 있을 뿐이다. 그것은 정해진 통로도 없이 텍스트 안의 다양한 구멍들을 통해 끝없이 뻗어 있는 실뿌리 같다. 그것은 통합되지 않는 유체이며 그 유동성을 통해 지배담론의 통합의 의지에 저항한다.

그는 이 작품에서 다양한 형태의 기호적 반전(semiotic reversal), 형태변형(metamorphosis), 재맥락화(recontextualization), 혼종화(hybridization), 판타지 기법 등을 동원해 지배담론에 구멍을 낸다. 우리는 이제 그 두더지 구멍 속으로 들어갈 것이다.

유배당한 자들과 소수 문학

우리는 우선 토머스 킹의 텍스트를 널리 유럽에 의한 식민 지배라는 역사적 맥락 속에서 읽을 필요가 있다. 15세기 말에 주로 영국과 프랑스에 의해 시작된 캐나다 대륙의 식민화는 수백 년의 세월을 걸치면서 원주민의 언어와 문화를 서서히 빼앗아갔다. 유럽 중심의 담론은 원주민들의 문학과 언어를 재구성하고 지배하는 주류 담론이 되었으며 이 과정을 통해 캐나다 원주민 문학은 소수 문학으로 전락했다.

제2차 세계대전 후 대부분의 과거 피식민지 국가들이 정치적 독립을 성취해나갔음에도 불구하고 북미원주민에게 이와 같은 정치적 해방이란 존재하지 않았다. 이렇게 된 데에는 여러 원인이 있겠지만 식민화 이전에 광대한 캐나다 대륙에서 살고 있던 원주민들이 통일된 문자언어와 통일된 형태의 민족국가(nation-state)를 형성하지 못했던 것도 중요한 이유 중의 하나다.

캐나다 대륙에는 흔히 "에스키모"라고 불려온 이누이트 부족 그리고 통상 "인디언"이라고 불리며 캐나다 전역에 거주해 온 "퍼스트 네이션스"들이 있었다. 이들은 유사한 물적 토대에 기초한 유사한 문화를 공유하고 있었다. 하지만 유럽인들의 지배 이전에 통일된 단위의 민족국가를 형성하지 못했으며 사용하던 언어 또한 그 하위 부족들의 수만큼이나 다양했다. 북미대륙에 무려 500여 개, 남미대륙에 1,500개 이상 존재하던(Dickason, p.18) 아메리카 인디언어(Amerind)는 점차 사라지고 그들의 공식 언어는 결국 지배언어인 영어로 바뀌었으며, 이들의 문학은 자연스럽게 들뢰즈가 이야기한바, 소수 문학의 형태를 띠지 않을 수 없었던 것이다.

레닌의 제국주의론에서 발전해온 '내적 식민지' 개념은 한 국가 안에 있는 어떤 정치적·경제적 중심(center) 세력이 같은 영토 안에 있는 다른 주변부(periphery) 집단을 착취하고 억압하는 현상과 그 공간을 말한다. 헤처 등에 의해 한 국가 내부에 존재하는 경제적, 정치적 불균형 혹은 불균등 발전을 가리키는 개념으로 발전해온 이 개념은, 더 이상의 독립 국가를 형성하기가 적어도 당분간은 불가능하거나 어려운 북미원주민의 상태를 설명하기에 유용하다. 이들에게 캐나다 대륙은 이제 더 이상 이들의 영토가 아니며, 유럽이라는 정치적 중심이 원주민들을 끊임없이 주변화하고 억압하는 공간, 즉 내적 식민지나 다름없는 것이다.

이렇게 보면 캐나다 원주민 문학은 '내적 식민지 안의 소수 문학'의 범주 안에 들어간다. 들뢰즈에 따르면 소수 문학은 다음과 같은 특징을 갖는다.

> 첫째, 소수 문학 안에서 언어는 높은 탈영토화 계수(coefficient of deterritorialization)의 영향을 받는다.
>
> 둘째, 소수 문학 안에서 모든 것은 정치적이다.
>
> 셋째, 소수 문학 안에서 모든 것은 집단적 가치를 띤다. (16~17쪽)

『짧은 역사』의 표제작이라 할 수 있는 동일 제목의 「캐나다 인디언의 짧은 역사(A Short History of Indians in Canada)」라는 단편을 보자. 이 단편에서 비즈니스맨인 밥(Bob Haynie)은 잠이 오지 않자 새벽 3시에 호텔 도어맨의 안내로 재밋거리(?)를 찾기 위해 토론토 시내 베이 스트리트(Bay Street)로 간다. 그곳에서 그는 희한한 장면과 마주친다. "인디언"들이 마치 철새 떼처럼 토론토 상공을 지나다가 시내의 이곳저곳으로 마구 떨어져 내리고 있는 것이다.

백인인 빌(Bill)과 루디(Ludy)는 그것을 보고 손가락질하며 "모호크(Mohawk)" "크리(Cree)" "나바호(Navajo)" 등 캐나다 원주민 부족의 이름을 외친다. 요컨대 그들의 깃털을 보면 어느 부족인지 알 수 있으며, 그런 것들이 책에 다 나와 있다는 것이다. 토론토 상공을 날아가며 고층건물이나 길바닥에 마구 떨어지는 원주민을 보던 루디(Ludy)는 "알겠지, 그들은 유목 중이고 이주 중이야"(3쪽)라고 말한다.

호텔로 돌아온 밥이 호텔 종업원에게 이런 이야기를 하자, 종업원은 하늘을 보고 한숨을 쉬며 옛날에는 인디언들이 지나갈 때 그 수가 지금보다 훨씬 많아서 하늘을 새카맣게 메웠다고 회상한다(4쪽). 문제는 이 단편의 제목이 "캐나다 인디언의 짧은 역사"라는 것이다. 불과 네 쪽밖에 되지 않은 이 짧은 단편에서 캐나다 원주민은 주인이 아닌 "이주 중인 유목민"으로 묘사되고 있다. 이들은 자신의 영토 위를 비행하는 철새다. 이들에게는 자신의 영토 위에서의 정주(定住)가 거부된다. 이들은 주류 백인들이 잠든 새벽에 그들의 눈을 피해 자신의 영토 위를 비행한다.

그러나 그 비행조차 순조롭지 않아 이들은 자신들의 영토 위로 마구 떨어져 내린다. 백인에게 이들은 『조류도감』에나 나오는 철새 이상의 아무 의미가 없다. 그나마 그 숫자는 계속해서 줄고 있다. 이것의 토머스 킹이 짧게 요약한 "캐나다 인디언의 짧은 역사"인 것이다. 그들은 자신의 영토 위를 떠돌지만 정주가 거부된 (탈영토화된) 유목민 철새다.

들뢰즈는 소수 문학 안에서 모든 것이 정치적임을 주장하면서 다음과 같이 말한다. "주류 집단의 문학(major literatures)에서 개인적인 관심(즉 가족적인 문제, 결혼한 부부의 문제 등)은 단순한 환경 혹은 배경의 역할을 하는 사회적 환경으로서의 비개인적인 관심들과 결합된다. 주류 문학에서는 오이디푸스적인 문제들이 특별히 혹은 절대적으로 필수적인 것이 아니며, 모든 것은 커다란 공간 안에서 하나가 된다. 소수 문학은 이와는 완전히 다르다. 소수 문학의 비좁은 공간은 강제적으로 모든 개인들의 문제를 즉각적으로 정치에 직접 연결한다"(17쪽).

파농의 『검은 피부, 흰 가면들』을 보라. 그의 지적에 따르면, 정상적인 가정에서 자란 정상적인 백인 아이와 달리 정상적인 (알제리의) 흑인 아이는 정상적인 가정에서 성장했음에도 불구하고 백인 사회와 접촉을 할 경우 바로 비정상화된다(143쪽).

가령 프랑스에 유학한 알제리 출신 흑인들은 자신들의 정체성을 부정하고(흰 가면을 쓰고) 백인 문화에 동화되거나 아니면 백인 중심 이데올로기에 맞서 싸우거나 둘 중의 하나 외에는 다른 선택이 없다(39쪽). 어떤 선택을 하건 그것은 정치적이다. 주류 집단에게 개인과 사회는 동일한 약호(code)에 의해 가동된다. 개인은 사회와 동일한 약호 위에서 동심원처럼 자연스럽게 사회로 퍼져나간다. 양자 사이의 정치적 긴장은 상대적으로 빈약하다.

반면 소수 집단에게 개인과 사회 사이의 관계는 정치적 긴장으로 늘 팽팽하다. 그들은 서로에게 늘 타자이며 의심과 경계의 시선으로 상대를 바라본다. 개인은 자신의 바깥, 즉 주류 사회로 나가는 순간 자신과 다른 약호와 충돌한다. 이렇게 되면 모든 개인적인 것은 동시에 집단의 문제가 되며 정치성의 범주를 떠날 수 없게 된다. 들뢰즈의 말마따나 소수 문학에서는 "개별 작가가 개인적으로 말하는 것은 이미 집단적인 행동이 되며, 정치적인 영역이 모든 진술을 감염시킨다"(17쪽).

대부분의 소수 문학 작품에서 우리는 이와 같은 발화의 집단적·정치적 구성을 만나게 된다. 『짧은 역사』에 나오는 대부분의 단편들 역시 무슨 소재를 다루든 간에 이와 같은 집단성과 정치성을 피할 수 없다. 소수 문학의 탈영토성·집단성·정치성은 이런 의미에서 선택이 아니라 운명인 것이다.

경계를 넘어서, 소수 문학의 서사전략

우리는 이제 『짧은 역사』의 단편들을 통해 소수 문학의 탈영토성·집단성·정치성이 어떠한 서사전략을 통해 수행되는지, 그 예들을 살펴볼 차례다.

기호적 반전과 재맥락화

「위로와 기쁨의 소식(Tidings of Comfort and Joy)」에서 백인인 허드슨(Hudson Gold)의 취미는 인디언 인형 수집이다. 그의 부인과 친구들은 그에게 인디언 인형을 선물하곤 한다. 때는 크리스마스 무렵이고 부인은 자매와 크리스마스를 보내기 위해 토론토에 가 있다. 그는 재미 삼아 자신이 소장하고 있는 인디언 인형들을 집 근처에 내다 놓는다. 연못 옆에, 집 위 쪽 언덕 위에, 나무들 사이에. 다음 날 아침, 그는 창밖으로 멀리 서 있는 한 인디언 여자를 발견한다. 놀랍게도 그가 풀어놓은 인디언 인형들이 살아서 움직이고 있는 것이다. 그는 그 인디언 여성이 임신까지 한 것을 망원경으로 확인한다. 밤이 되자 인디언들은 모여서 함께 노래를 부르고 드럼을 치며 춤을 춘다.

다음 날 그는 친구들을 불러 다시 그곳에 가본다. 물론 친구들은 만일에 대비해 총을 들고 있다. 그러나 이들이 본 인디언 캠프는 평화롭기 그지없다(13쪽). 게다가 임신했던 인디언 여성은 어느새 쌍둥이를 낳고 평화로이 누워 있다. 때는 크리스마스이므로 이들은 이것이 마치 예수의 탄생 장면 같다고 생각한다. 물론 그렇게 되면 그들은 동방박사가 되는 것이다(14쪽). 크리스마스이브에 만난 쌍둥이 인디언 아기들! 이들은 감동하여 크리스마스 캐럴을 불러댄다.

그다음 날 부인이 돌아오고 허드슨은 부인에게 인디언들을 보여주려고 한다. 그러나 태양이 안개를 몰아내고 그가 잠시 눈을 깜박이는 사이, 인디언들은 전부 사라지고 없다. 그는 누군가가 자신의 소장품들(인디언들)을 훔쳐갔다고 생각한다. 그러나 부인은 홈쳐간 것이 아니고, 그들이 각자 제 갈 길을 간 것이라고 말한다 (17쪽). 그리고 그들이 돌아올 것이라고 덧붙인다. 정말 그렇게 생각하느냐는 허드슨의 질문에 부인은 웃으며 말한다. "그들이 어딜 가겠어? 다 보험을 들어놓았는데"(17쪽)라고 말한다.

이 단편에 등장하는 백인들에게 인디언은 주체성이 완벽히 결여된 대상으로서의 타자·인형·소장품에 불과하다. 그러나 인디언들은 백인의 이와 같은 시선을 조롱이라도 하듯 '스스로' 살아 움직인다. 인형이 살아 움직이다니? 게다가 그들은 백인들에게 진정한 평화와 행복의 공동체를 보여준다(허드슨은 이들의 모습을 보고 감동해 눈에 눈물이 가득 차옴을 느낀다)(15쪽). 그렇지만 이를 직접 경험한 후에도 백인들은 인디언들을 자신들의 사유물·소장품 이상으로 대하지 않는다.

이성 중심의 그들의 시선은 '살아 움직이는 인형'이라는 모순 어법(oxymoron)을 견디지 못한다. 그들은 '살아 움직이는 인형'이라는 모순 어법의 의미론적 두 층위 중, 오로지 '인형'만을 받아들인다. 그리하여 그 인형들은 생명성이 박탈당한 죽은 존재들인 것이다. 인형을 잃어버려도 보험을 들어놓았으니 상관없다는 허드슨 골드 부인의 대답이 이런 태도를 증명한다. 그런 의미에서 (크리스테바Julia Kristeva의 용어를 빌리면, 이하 상징계·기호계에 관한 논의는 Kristeva, pp.89~136 참조) 백인들은 이성과 논리와 권위 지배의 상징계(the Symbolic)에 철저히 갇혀 있다. 그들은 아버지의 법칙(Father's law)을 충실히 따르는 신하들이다. 그들은 비문(非文)과 일탈을 용서하지 않는 엄한 아버지들이다. 그들은 이성적 자아(self)와 제국주의적 초자아(superego)의 검열을 (그들이 인형이라고 생각하는) 원주민들에게 강제한다.

그러나 「캐나다 인디언의 짧은 역사」에서 토론토 상공을 새떼처럼 날아다니는 인디언들이나, 존재와 비존재 사이를 자유롭게 왕래하는 「위로와 기쁨의 소식」의 인디언들은 이성·합리성을 넘어서는 담론, 즉 기호계(the Semiotic)의 주인공들이다. 백인담론은 이들에게 유럽문화와 문명이라는 배변훈련을 강제하고 그들을 두들겨 팸으로써 영토화하기(beaten path!)를 원하나, 이들은 존재와 비존재의 이분법을 마구 넘어서며 절대로 고쳐지지 않는 비문(非文)들처럼 끝없이 탈주한다.

이들은 마치 옹알이를 하는 어린아이처럼 성인 언어의 문법을 조롱한다. 이들의 언어는 이런 의미에서 전복적·기호적 욕망의 언어이며, 제국주의적인 초자아를 조롱하는 근본적으로 규정할 수 없는 유목민적이고 탈영토적인 언어이다.

『짧은 역사』에서 이와 같은 기호적 반전 혹은 재맥락화가 두드러지게 나타나는 또 다른 작품으로 「우편상자에 담긴 아기(The Baby in the Airmail Box)」를 들 수 있다. 이 단편에서 백인-원주민(중심/주변)의 이분법적 스테레오타입은 기호적으로 완전히 전복된다.

이 단편은 "로키 크릭 퍼스트 네이션스(Rocky Creek First Nations)"의 부족회의(council meeting)에 백인 아기가 상자에 담긴 채 소포로 배달되는 데서 시작된다. 회의에 참석한 원주민들은 (마치 백인들이 원주민을 대하듯) 백인 아기의 '인간적' 존엄성을 철저히 무시한다. "누가 도대체 백인 아기를 배달시켰어?"(34쪽)라는 질문은 백인에 대한 이들의 태도를 잘 보여준다. 이들은 심지어 (그날 밤 열린 빙고 게임에 사람을 많이 끌어 모으기 위해) 이 아기를 경품으로 내건다.

한편 불륜관계의 백인인 밥(Bob)과 린다(Linda)가 근무하는 앨버타 어린이 입양원(Alberta Child Placement Agency)에는 인디언이 아닌 백인 아기를 입양하려는 인디언 카디널 부부(Mr. & Mrs. Cardinal)의 이야기가 등장한다.

재미있는 것은 이 단편 내내 백인 아기가 대문자(White baby)로 묘사된다는 사실이다. 백인들이 인디언의 인간적 품위를 인정하지 않듯이, 이 단편에서 인디언은 내적 식민지 안에서 절대 권위의 상징인 (대문자) 백인 아기에게 아무런 존엄성도 부여하지 않는다. 아기가 대문자로 표기되기 때문에 그에 대한 무시와 조롱은 상대적으로 더 큰 강도를 얻는다. 그들은 소포로 배달된 백인 아기를 극도로 귀찮아하며 처치 곤란해서 안달이다. 그들에게 백인 아기는 빙고 게임의 경품 이상의 아무런 의미가 없다. 역설적이게도 이 단편 속에서 백인과 인디언의 관계는 완전히 전복되어 있다. 백인 밥은 빙고 게임에 참가했다가 경품으로 받은 트럭을 캐나다 경찰(RCMP)의 습격으로 빼앗기고 철창신세를 진다.

이 단편에서 원주민은 현실의 백인이 누리는 물질적·문화적 풍요를 향유하고 있으며, 역으로 백인 아기는 소포로 배달되고 원주민의 게임의 경품이 되는 치욕의 삶을 영위한다. 이 단편에 등장하는 두 백인들 역시 도덕적 파탄 속에서 인간으로서의 아무런 존엄성도 가지고 있지 않다. 이 단편은 백인 중심의 상투화된 현실을 완전히 재맥락화함으로써 억압된 것을 회귀시키는 소수 문학의 전형적인 서사전략을 보여주는 것이다. 이것이 '기호적 반전'인 이유는 이와 같은 전략이 말놀이의 공간에서 가동되고 있기 때문이다. 킹에게 백인-원주민(중심/주변)의 이분법은 오로지 기호적 구성물(constructs of signs)에 지나지 않으며 그는 일종의 '텍스트의 정치학'을 이용해 이와 같은 이분법을 전략적으로 교란시키고 있는 것이다.

형태변형 혹은 혼종화

다양한 북미원주민 문학 텍스트에서 코요테는 일종의 트릭스터

(trickster) 역할을 한다. 북미원주민 문학에 등장하는 코요테들은 다양한 존재로 끝없이 형태변형(metamorphosis)을 하며 유럽 중심 담론을 교란시킨다. 그들은 단일강세화(uniaccentualization)하려는 백인 주류 담론의 그 무엇으로도 고정되거나 통합되지 않는 유체 (flux)이며, 모든 형태의 단일한 약호(code)를 거부하는 유목민으로서의 '인디언성(Indian-ness)'을 상징한다.

그런데 킹의 「코요테와 외계인 적들(Coyote and the Enemy Aliens)」에서 코요테는 백인들로부터 일자리를 얻어내 그들의 하수인 역할을 한다는 점에서 패러디의 패러디다. 원래 인디언성을 상징하는 코요테를 다시 한번 패러디함으로써 인디언성을 한 번 더 탈주시키는 것이다. 그러나 백인들의 하수인 역할을 하는 코요테는 이 단편의 화자와의 대화를 통해 백인 주류 사회의 폭력성을 거꾸로 드러낸다는 점에서 궁극적으로는 원주민의 이해관계에 복무한다. 코요테는 이 단편의 서사 안에서는 백인들의 앞잡이이지만, 탈영토화된 자신의 정체성을 통해 백인들의 폭력성과 악을 드러내는 앞잡이로 변신에 변신을 거듭하는 것이다. 이 단편의 화자는 코요테와 나눈 대화를 통해 백인들을 다음과 같이 묘사한다.

갑자기 모든 사람들이 싸우지. 대부분 그 백인들이야. 알잖아, 그들은 싸움을 좋아하거든. 그들은 서로 싸워. 그리고는 다른 사람

들과 싸우지. 그리고 얼마 안 있어 모든 사람들이 싸우게 되는 거야. (53쪽)

코요테가 하수인으로서 가장 먼저 하는 일은 모든 외계인 적들의 재산을 몰수하는 일이다. 여기에서 "외계인 적"이란 물론 백인의 타자인 원주민을 말하는 것이다. 그에게 그들의 재산을 강탈하는 것은 "진실보다 중요하고" "신뢰보다 중요하며"(55쪽) "공정성보다도 더 중요하다"(56쪽).

코요테가 축사에서 외계인 적들을 끌어내려 할 때 지금까지의 "좋지 않은 코요테 이야기(not a good Coyote Story)"는 화자에 의해 "훌륭한 캐나다 이야기(Good Canadian story)"(58쪽)로 바뀐다. 여기에서 "좋지 않은" "훌륭한"의 기준은 물론 원주민이 아닌 백인의 입장에서 그렇다는 것이기 때문에 그 의미는 중층적이다. 누구의 입장이냐에 따라 "좋지 않은" 것은 "좋은" 것으로, "훌륭한" 것은 "훌륭하지 않은" 것으로 언제든지 달리 해석될 수 있기 때문이다.

화자는 원주민을 상징하는 코요테 이야기와 캐나다 이야기가 분별하기 어렵다며 둘 다 알파벳 C자로 시작됨을 환기시킨다. 화자는 다시 C자로 시작되는 단어들을 머릿속에 떠올리는데, 그것들은 다음과 같다. "callous, carnage, catastrophe, chicanery, cold-blooded, complicit, concoct, condemn, condescend, confiscate, conflate, connive, conspire, convolute, crazy, crooked, cruel, crush, cupidity"(58~59쪽). 이 단어들은 하나같이 폭력, 야합, 살육, 재난, 술수, 저주, 음모, 탐욕, 생색내기 등의 부정적인 의미를 가진 것들로 이른바 "훌륭한 캐나다 이야기"의 실질적인 의미소를 이룬다.

그러자 코요테는 그런 단어들 말고 "훌륭한 캐나다 이야기"와 관련된 "합법적(legal)"인 단어들을 찾으라고 한다. 화자는 합법적인 단어들이야말로 좋은 단어이며 "마술 같은 단어들(magic word)", 즉 "백인들의 마술(White magic)"이라고 말한다. 그런 단어들은 대략 다음과 같은 것들이다. 이 단어들은 모두 대문자로 표기된다. "Patriotic, Good, Private, Freedom, Dignity, Efficient, Profitable, Truth, Security, National, Integrity, Public, Prosperity, Justice, Property"(59쪽). 애국적인, 선한, 사적인, 자유, 신성, 효과적인, 이윤을 남길 수 있는 등의 뜻을 가진 이런 단어들은 "마술"처럼 연결되어 "National Security(국가 안보)" "Public Good(공공선)" "Private Property(사유재산, 59쪽)"와 같은 용어들을 만들어낸다. 이런 단어들이 "훌륭한 캐나다 이야기"의 이데올로기적 '표피'를 구성한다면, 앞의 C자로 시작하는 단어들은 그것의 실질적인 '내용'을 구성한다고 할 수 있을 것이다.

이와 같이 코요테는 이중의 변신(인디언성→백인의 하수인)을 통해 백인 담론의 이데올로기적 허구성을 드러내는데, 재미있는 것은 외계인 적들을 체포해 사탕무 농장에 가두고 무임금 강제노동을 시키려던 캐나다 경찰이 지금까지 자신들의 앞잡이 노릇을 해온 코요테를 다시 외계인 적으로 규정하고 체포한다는 사실이다. 요컨대 코요테는 백인의 앞잡이에서 다시 인디언성의 상징으로 탈주의 탈주(변신의 변신)를 거듭하는 것이다. 이 단편에서 백인 정치인들은 코요테가 체포되는 것을 축하하며 캐나다의 국가인 "오 캐나다(O Canada)"를 부르는데, 이 대목은 토머스 킹이 보여주는 말놀이의 한 극치라 아니할 수 없다.

코요테의 형태변형은 다른 관점으로 보면 바바가 이야기하는 바, 혼종화나 다름없다. 코요테는 인디언성을 유지한 채 유럽성을 모방(mimicry)함으로써 유럽 중심 담론 안으로 들어간다. 코요테는 그렇게 해서 식민자/피식민자의 이분법을 무너뜨리고, 망가진 교란된 경계, 즉 "틈-안(in-between)"에서 유럽 중심담론의 폭력성·식민성·제국주의성을 드러낸다.

앞에서 분석한 「우편상자에 담긴 아기」 역시 백인들의 폭력성을 모방한(혼종화!) 원주민들이 백인 아기에게 가하는 역폭력(counter-violence)에 관한 이야기로 보아도 무방하다. 물론 이 역폭력은 대단히 비현실적인 것이기 때문에 일종의 소망 충족(wish fulfillment)이자 상상적 해결(imaginary resolution)이고, 그런 의미에서 패러디이고 판타지라고 할 수 있을 것이다.

패러디의 정치학 그리고 판타지

지금까지 살펴본 것만으로도 우리는 『짧은 역사』가 내적 식민지 안에서 백인 주류 집단과 원주민 소수 집단 사이의 충돌, 갈등의 이야기로 구성되어 있음을 알 수 있다. 실제로 이 텍스트에 등장하는 대부분의 단편들은 이 두 집단들 사이의 정치적 긴장과 충돌을 다루고 있다. 앞에서 들뢰즈의 소수 문학론을 빌려 설명한 것처럼, 내적 식민지 안의 소수 집단(원주민)의 삶을 이야기하는 순간 우리는 정치성과 집단성을 벗어날 수 없다. 소수 집단의 삶은 항상 주류 집단과의 관계 속에서만 존재하고 이 관계가 그들의 삶의 상당 부분을 조건 짓기 때문이다.

그러나 앞에서 살펴보았듯이 토머스 킹은 다른 원주민 출신 작가들처럼 이런 현실을 사실적으로 재현하기보다는 (포스트모더니즘적인?) 언어의 유희 쪽을 택하는데, 이 유희는 때로 소재 자체를 전혀 엉뚱한 것을 선택하는 방법을 경유하기도 한다. 이 『단편집』에는 백인-원주민 사이의 집단적·정치적 대결을 다루지 않은 작품들이 일부 있는데, 가령 「작은 폭탄들(Little Bombs)」 「피해야 할 주(州)들(States to Avoid)」 같은 것들이다. 이 작품들을 겉으로만 보았을 때 우리는 앞에서 이야기한바 소수 문학의 집단성·정치성을 읽어낼 수 없다.

「작은 폭탄들」의 경우 다른 여자(Cynthia)와 불륜관계에 있는 남편 래리(Larry)와 그 부인 재니스(Janice)의 평범하나 흥미 있는 관계를 다루고 있다. 재니스는 남편의 외도를 알고 있다는 것을 명시적으로 드러내지 않은 채, 집안 곳곳에 작은 폭탄들을 숨겨놓는다. 물론 이 폭탄들은 단번에 사람을 죽일 정도로 폭발력이 큰 것들은 아니며 몰래 불륜을 저지르고 있는 남편에게 위협과 공포분위기를 조장하는 데 일조하는 수준의 것이다. 처음에는 텔레비전 뒤, 화장실의 변기통 뒤, 플라스틱 쓰레기통, 남편이 좋아하는 의자 등에서 폭발하기 시작한 폭탄들은 나중에는 남편이 다니는 헬스클럽의 옷장에서 터지기도 하고 차고의 한쪽 벽을 날려버릴 정도로 규모가 점점 커진다.

래리는 언제 어느 곳에서 폭탄이 터질지 몰라 전전긍긍하고, 재니스는 이 모든 것이 그냥 "장난(joke)"(81쪽)일 뿐이라고 일축한다. 래리는 이 와중에도 부인 재니스를 애무하며 사랑한다고 수시로 고백하고, 그사이에 신시아와 외도를 계속한다. 문제는 신시아와 외도 후 돌아온 래리의 주머니에서 다시 폭탄이 발견되는데, 이번에는 재니스의 고백을 통해 그것이 재니스가 한 짓이 아니라는 사실이 밝혀지는 것이다. 다음 날 부인 재니스가 사라지고 래리는 애인 신시아와도 전화 연결이 되지 않는다는 사실을 알게 된다. 마지막 폭탄은 부정한 연애를 함께 즐기던, 그래서 래리의 거짓과 부도덕성을 누구보다도 잘 알고 있었던 신시아가 숨겨놓은 것이라는 사실이 암시된다.

이 단편을 따로 떼어놓고 볼 때 우리는 이 작품에서 아무런 정치적 함의를 읽을 수 없다. 그러나 이 단편은 '따로 떼어'지지 않는다. 이 작품은 『짧은 역사』에 나오는 다른 단편들, 즉 백인 주류 담론과 원주민 소수담론 사이의 긴장으로 가득 찬 다수의 다른 단편들과 환유적(metonymic)으로 겹쳐 있다. 따라서 이 단편에 대한 올바른 이해는 텍스트와 텍스트 사이의 대화적 관계, 즉 상호텍스트성(intertextuality)을 고려할 때에만 가능하다. 상호텍스트성의 맥락에서 보면 래리의 거짓과 부도덕성은 토머스 킹의 『짧은 역사』에 나오는 다른 텍스트들과의 관계 속에서 원래의 의미에 덧씌워 백인 주류 담론의 부도덕성·허위성으로 확대 해석될 수 있다.

이렇게 되면 집안 곳곳에 숨겨진 재니스의 폭탄들은 주류 담론의 허위성을 폭로하고 위협하는 소수 집단의 서사 장치들로 이해하는 것도 가능해진다. 정치성·집단성·탈영토성으로 가득 차 있는 다른 텍스트들을 읽다보면 우리는 그런 텍스트의 이해에 동원되는 해석약호들에 자연스레 익숙해지게 마련이며, 중간에 끼어 있는 전혀 다른 소재의 텍스트들조차 그와 같은 해석약호들의 관성으로 이해하게 되는 것이다. 그렇게 되면 주류 담론의 의미 범주에는 정치적인 것 외에도 거짓·도덕적 타락이라는 의미소가 추

가되고 확장된다.

「피해야 할 주(州)들」 역시 이와 같은 해석의 풍요를 가져다주기에 충분한 서사 장치를 가지고 있다. 「피해야 할 주(州)들」은 「작은 폭탄들」과는 반대로 부인으로부터 버림받은 한 남자에 관한 이야기다. 유바(Yuba City)에 살고 있는 화자와 그의 아내 로라(Laura)는 유타주로 이사하기 위해 아파트를 정리한다. 짐 때문에 화자는 트럭을 몰고 먼저 떠나고 로라는 승용차를 운전해 바로 뒤따르기로 한다.

엘코시에 먼저 도착한 화자는 모텔에 짐을 풀고 아내 로라를 기다리나 아무리 기다려도 그녀는 오지 않는다. 며칠을 기다린 끝에 알아보니 로라는 유바에서 아예 출발하지도 않았으며 이들 부부의 친구인 브래드(Brad)의 집에 가 있다. 그녀는 화자를 버리고 자신들의 친구인 브래드를 선택한 것이다. 절망한 화자는 한 레스토랑에서 우연히 이혼녀 페이(Fay)를 만나게 되고 그녀의 네 명의 전 남편들에 관한 이야기를 듣게 되며 자신도 로라와 브래드에 대해 말해준다. 그들은 하룻밤 짧은 사랑을 나누고 헤어진다.

이 단편의 화두 역시 「작은 폭탄들」과 마찬가지로 '거짓'이다. 다른 단편과의 상호적 관계 속에서 읽어낸다면 로라의 불륜 역시 거짓으로 가득 찬 유럽의 식민주의에 대한 메타포로 읽힐 수 있다. 페이와 나눈 대화 속에서 화자가 하는 다음과 같은 말은 그리하여 로맨스를 넘어선 정치적 함의를 갖게 되는 것이다.

> 모든 것을 고려해볼 때 거짓말은 나쁜 거야. 이것에 관해 사람들
> 이 당신과 논쟁하겠지. 그러나 내 느낌은 이거야. 당신이 거짓말
> 을 하고 그래서 사람들이 당신의 말을 믿게 되면, 당신은 그 거짓
> 말을 계속해야 한다는 것이지. 그것은 물론 어려운 일이야. 그런
> 데 만일 사람들이 당신의 말을 믿지 않으면 그때 당신은 스스로
> 멍청하다고 느낄 거야. (157쪽)

이렇게 보면 우리는 들뢰즈가 말한바 소수 문학의 중요한 특징
중의 하나가 바로 '정치성'이라는 사실을 다시 확인할 수 있다. 주
류 문학에서는 로맨스 서사가 로맨스 그 자체로 끝남에 반해 소수
문학 안에서는 로맨스 서사조차 정치적인 함의를 갖게 되는 것이
다. 이런 의미에서 위에서 살펴본 두 로맨스 서사는 『짧은 역사』의
다른 단편들과 실뿌리처럼 얽힌 상태(상호텍스트성!)에서 정치적 패
러디로 기능한다.

우리는 이런 예를 「하이다 가와이(Haida Gawaii)」에서도 확인할
수 있다. 하이다 가와이는 이 단편에 등장하는 남녀 원주민들이
한때 한 마리 "독수리"와 그것의 먹이인 "물고기"처럼 서로 사랑
을 나누던 고향이다. 그러나 이제 화자인 여자는 상대 남자인 스

티븐(Steven)을 더 이상 사랑하지 않는다. 그녀는 책과 VCR과 신문, 어머니가 준 소파와 아무 때나 따뜻한 물이 나오는 쾌적한 욕조가 있는 토론토의 아파트에서 생활하고 있다. 스티븐은 토론토 시내에서 운전 중 독수리가 차창에 날아와 부딪혔다면서 그것을 봉지 안에 들고 화자의 아파트를 찾아온다. 그는 전화로 그녀가 "원주민(Native)"이며 따라서 "무언가를 해야 한다"고 말한다.

> 독수리였어, 스티븐이 말한다. 내 말이 믿겨져? 퀸과 영 스트리트가 만나는 지점이었지. 막 우회전을 하고 있었어.
>
> 지금 몇 시야?
>
> 당신은 원주민이야, 그는 전화통에 대고 속삭인다. 무언가를 해야 해. (71쪽)

그녀는 그와의 만남을 통해 하이다 가와이에서의 추억을 회상하는데, 그 회상 속에서는 운전 중 해안가 모래밭에 차가 빠져 옴짝달싹도 못하던 한 신혼부부의 모습이 들어가 있다. 그것은 출구를 잃어버린 한 청춘 남녀의 운명의 모습이자, "재난(disaster)"(75쪽)의 기억이다. 이 단편의 후반부에서 스티븐이 독수리라고 말했던 것이 사실은 독수리가 아니라 기러기[4]임이 밝혀지고, 화자는 스티븐에게 자신들이 더 이상 독수리도 물고기도 아니라고 말한다(77쪽). 그러자 스티븐은 죽은 기러기의 날개를 잡고 머리 위로 빙빙 돌리다 호수로 던지며 다시 말한다. "당신은 원주민이야" "무언가를 해야 해"(77쪽).

이 단편은 겉으로 볼 때는 남녀 사이의 식어버린 로맨스를 다루고 있지만, 그 이면에 독수리와 물고기가 상징하는바, 잃어버린 인디언성에 대한 쓸쓸한 고백을 담고 있다. 화자가 자신들이 더 이상 독수리와 물고기가 아니라고 말하는 것은 자신들이 원주민성을 상실했음을 의미하는 것이며, "토론토에는 독수리가 없다"(71쪽)는 화자의 진술은 백인 문화에 동화되어 사라져간 인디언성을 언급하고 있는 것이다.

이런 의미에서 단편의 시작 부분과 종결 부분에서 뜬금없이 수미상관으로 반복되는 스티븐의 "당신은 원주민이야" "무언가를 해야 해"라는 발언은, 한편으로는 과거의 사랑에 대한 회복을 갈망하는 표현이면서, 다른 한편으로는 인디언성의 회복(억압된 것의 회귀!)이라는 정치적인 메타포를 동시에 품고 있는 진술인 것이다.

이 밖에도 토머스 킹이 자주 애용하는 서사 전략은 다름 아닌 판타지다. 그는 판타지를 동원하여 왜곡된 현실을 다시 뒤집는다. 현실에서 불가능한 역전이 텍스트상에서, 담론의 형태로 이루어진다는 점에서 이는 일종의 텍스트의 정치학이라 불릴 만한데, 이런 관점에서 「벽들의 색깔(The Colour of Walls)」을 보자.

백인 사장인 하퍼 스티븐슨(Harper Stevenson)은 자신의 사무실 벽을 흰색으로 칠하고 싶어한다. 그러나 아무리 흰색 페인트를 칠해도 벽은 흰색으로 바뀌지 않는다. 이유를 알 수 없자 그의 비서는 원주민이자 흑인과 독일인의 피가 섞인 페인터인 아푸아(Afua)를 불러 그 이유를 설명하게 한다. 그녀에 따르면 그 벽은 너무 오래되었고 역사, 즉 기억을 가지고 있으며 그래서 흰색으로 칠해지지 않는다(87쪽). 스티븐슨은 말도 안 된다면서 "색깔이 피라도 흘린단 말인가?"(88쪽)라고 되묻는다. 아푸아는 "이 세상은 색깔들로 가득 차 있다"(88쪽)라고 답한다.

벽의 색깔을 정 바꾸고 싶다면 새 사무실로 이사를 가든가 아니면 벽을 완전히 뜯어내고 새로 칠하라는 아푸아의 충고에 따라 스티븐슨은 그렇게 한다. 그러나 그렇게 해서 밝은 백색으로 칠해진 벽을 실컷 즐기던 그가 퇴근할 무렵 그는 자신의 손이 짙은 갈색에 가까운 검은 색으로 변해 있음을 보고 깜짝 놀란다. 도대체 흰색을 원하는 것이 무슨 잘못이냐는 스티븐슨의 항의에 아푸아는 답한다.

"사람들이 너무 어려서, 아직 많은 것을 잘 모르는 것 같아요. 사람들이 아는 것이라고는 백색밖에 없지요"(89쪽).

이 단편은 결국 "이 세상이 (다양한) 색깔들로 가득 차 있"으므로 한 가지 색깔(백색)만을 고집해서는 안 되며, 그런 의미에서 백인들의 원주민 지배의 역사가 '피를 흘린' 역사이고, 그 역사 안에서 원주민은 결코 (백색으로) 동화되지 않을 것이라는 분명한 전언을 담고 있다. 재미있는 것은 현실에서는 불가능한 일들, 즉 벽에 흰색 페인트를 아무리 칠해도 그것의 색이 바뀌지 않는다는 것, 사장의 손이 물리적·화학적인 이유도 없이 흰색에서 검은색으로 변한다는 등의 발상이다. 다른 원주민 출신 작가들이 대부분 전통적인 리얼리즘의 재현 원칙을 고수한다면, 토머스 킹은 판타지를 자유롭게 구사함으로써 다른 원주민 작가들과 자신을 차별화한다.

우리는 「예수를 사랑하는 나쁜 사람들(Bad Men Who Love Jesus)」에서도 황당한 설정을 만나게 되는데, 이 단편에서 예수는 미국에서 지명수배를 받고 가든 리버 인디언 보호구역(Garden River Indian Reserve)에 숨어드는 인물로, 그리고 그의 열두 제자는 보호구역의 부족회의 멤버로 묘사된다. 예수의 열두 제자들은 예수를 함부로 대하며 "야만인들을 문명화하는 사업은 잘되어가느냐?"(91쪽)고 묻는다.

이 단편은 물론 유럽인의 원주민 정복 과정에서 기독교가 수행한 이데올로기적 역할을 고려하지 않으면 잘 이해가 되지 않는다. 유럽의 정복자들에게 기독교는 일종의 이데올로기적 국가장치로서 자신들의 지배를 정당화하는 담론으로 '악용'되었고, 이 단편은 그와 같은 역사적 배경과 함께 읽지 않으면 안 된다.

어찌 됐든 그는 이처럼 실제(reality)와 판타지의 경계를 자유로이 넘나들며 텍스트 안에 기호적 구성물로서의 "틈-안(in-between)"을 구축한다. 이 틈-안은 백인 주류 담론의 상징계를 뒤흔드는 기호계의 전복적인 기표들로 넘쳐난다. 그것은 모든 형태의 견고한 이분법을 뒤흔들고 무너뜨리며 실뿌리처럼 연결된 혼종화와 탈맥락화의 공간이다. 이 '자유로운 위반', 탈주야말로 토머스 킹의 텍스트가 주는—롤랑 바르트(Roland Barthes)의 표현을 빌리면—희열(bliss)이다.

다양한 서사전략으로 구축하는
캐나다 인디언의 역사

우리는 지금까지 소수 문학의 서사전략이라는 관점에서 토머스 킹의 『짧은 역사』를 읽었다. 이 작품에 동원되는 모든 서사들은 따로따로가 아니라 함께 환유적으로, 중층적으로 겹쳐 있다. 토머스 킹은 앞에서 살펴봤듯이 다양한 서사전략을 동원해 '캐나다 인디언의 역사'를 구축하는데 이 역사는 선적(linear), 통시적 연대기가 아니라 방사형의 그물처럼 펼쳐져 있다. 그는 들뢰즈의 리좀처럼 서사의 무수한 실뿌리들을 흩뿌려놓고 있는데, 이는 식민주의적 상징계를 교란시키기 위한 작업이나 다름없다. 그것은 상징계의 논법으로는 잡히지 않은 무수한 굴과 사막과 사투리로 이루어진 기호계이다.

그는 식민담론의 경계를 허물고 침식함으로써, 식민담론의 권위적 담벼락에 무수한 흠집과 상처를 냄으로써, 탈식민화의 끝없는 여정을 열어놓는다. 기호를 단순한 상징이 아니라 다양한 사회적 세력들 간의 싸움이 일어나는 실질적이고도 물질적인 각축장으로 이해하는 볼로쉬노프나 크리스테바의 논지와 어울리게, 그에게 텍스트는 근본적인 의미에서 정치적이고 집단적인 싸움의 현실적인 장이다.

「보그들이 사는 곳(Where the Borgs Are)」에서 10학년 원주민 소년인 밀턴(Milton)은 원주민 법령(Indian Act)에 관한 과제물을 수행하게 되는데, TV 인기 드라마인 〈스타 트렉(Star Trek)〉에 등장하는 다양한 인물들, 가령 보그(Borg), 벌컨(Vulcan), 페렝기(Ferengi), 로뮬런(Romulan), 클링온(Klingon) 등에서 본의 아니게 근대적 이성 중심의 서구 자본주의/제국주의의 다양한 속성들을 읽어낸다.

내 말은, 보그들은 모든 사람을 동화시키기 원한다는 거예요. 벌컨들은 모든 것들이 논리적이길 원하죠. 그리고 페렝기들은 오로지 이윤에만 관심이 있어요. (136쪽)

세상을 잘 알 리 없는 어린 원주민 소년이 이와 같은 통찰에 이르게 된 것은 주류/소수 집단 사이의 오랜 갈등의 역사가 그의 몸과 마음에 이미 각인되어 있기 때문이다. 그의 과제물을 읽어본 백인 교사는 밀턴의 주장이 인종차별을 조장한다면서, "인종차별이 모든 사람을 괴롭힌다"(136쪽)는 문장을 칠판에 50번 쓰게 하는 벌을 준다. 동일한 충고를 자주 반복하는 교사에게 밀턴은 "엄마가 그러시는데 인종차별은 (모든 사람을 괴롭히는 것이 아니라) 어떤 사람들을 특히 더 괴롭힌다고 하던데요"(138쪽)라고 대꾸한다.

여기에서 말하는 "어떤 사람들(some people)"은 바로 백인 주류 사회에서 소수 집단인 원주민을 가리키는 것인데, 들뢰즈적 의미의 소수 문학이 가능한 것은 바로 주류/소수 집단(혹은 담론)이 내적 식민지라는 하나의 공간 안에서 동시에 환유적으로 겹쳐 있기 때문이다. 이 겹침의 공간에서 주류 담론에 맞서는 소수 문학의 탈영토성·정치성·집단성은 거의 자동적으로 가동되지 않을 수 없다. 그래서 우리는 앞에서 소수 문학의 탈영토성·정치성·집단성이 그 자체 선택이 아니라 운명이라고 주장한 것이다.

국내에 거의 알려지지 않은, 캐나다 혼혈 원주민 작가인 토머스 킹의 『짧은 역사』는 소수 문학의 이와 같은 특성들을 설명하기에 매우 적절하다. 또한 이 작품은 북미원주민 문학을 전통적 리얼리즘뿐만 아니라 다양한 형식실험의 장으로 열어젖히는 대표적인 텍스트로서 우리의 새로운 해석을 기다리고 있다.

유배당한 자들의 서사전략
그리고 전복의 수사학

제2절 토머스 킹의
『한 좋은 이야기, 그 이야기』

내적 식민지 개념을 도입하다

토머스 킹, 그의 몸속엔 체로키(Cherokee) 원주민의 피가 그리스인의 피와 섞여 있다. 이 '섞여 있음'은 그의 소설세계를 이해하는 데 중요한 실마리를 제공한다. 주로 대서양 연안을 따라 유럽인(주로 영국인과 프랑스인)이 캐나다 대륙에 발을 들여놓기 시작한 것은 15세기 말이다. 그 이전부터 캐나다에 살고 있던 원주민(aboriginal people)은 그들의 의지와 무관하게 유럽인과 만나면서, 섞이면서, 영토와 주권과 언어와 문화를 서서히 상실해갔다.

1763년 칠년전쟁이 끝나고 프랑스가 북아메리카에서 물러나면서, 영국인은 원주민이 살던 북미대륙에 캐나다라는 이름의 유럽 중심적 문화와 전통에 뿌리박은 새로운 나라를 건설해간다. 이런 의미에서 유럽인과 캐나다 원주민의 관계는 근본적인 의미에서 식민자(the colonizer)/피식민자(the colonized)의 관계이고, 캐나다 원주민은 '자기의 땅에서 자기의 땅으로 유배당한 자들'이다.

문제는 제2차 세계대전 이후 적어도 정치적으로는 독립한 다수 피식민지 국가 혹은 민족과는 달리, 캐나다 원주민은 유럽인의 식민화 과정의 희생자임에도 불구하고 다른 민족들과 유사한 '독립'의 과정을 쟁취하지 못했다는 것이다. 이는 이들이 식민화되기 이전에 '국가' 단위의 정치체제를 보유하지 못했던 것이 아마도 가장 큰 원인일 것이다. 이들은 왕·대통령·수상이라는 수반 중심의 국가를 형성하고 있지 못했을 뿐만 아니라, 북미 전역에 흩어져 살던 다양한 부족들을 통합할 만한 아무런 조직도 가지고 있지 않았다.

이들은 통일된 조직이 없었을 뿐만 아니라 공통의 언어도 가지고 있지 않았다. 따라서 문서를 중심으로 한 유럽적 계약(contract)의 전통도 없었다. 캐나다 원주민이 미국 원주민에 비해 (상대적인 의미에서!) '피의 학살'보다는 주로 (영어로 씌어진) 문서상의 '계약'을 통해 자신들의 영토와 주권을 야금야금 상실해갔던 것은 우리에게 많은 것을 시사해준다. 캐나다 원주민의 언어는 주로 구어(口語, 말, speech)였으며, 그들은 간단한 상형문자 외에 유럽적인 의미의 문어(文語, 글, writing)를 가지고 있지 않았다. 이런 의미에서 유

럽인에 의한 캐나다 정복의 역사는 '글에 의한 말의 지배의 역사'
나 다름없다.[1]

정치적 독립에 실패한, 혹은 그것이 불가능했던 캐나다 원주민
은 (다른 피식민지 국가의 민족들처럼) 정복자를 자신들의 영토 밖으
로 몰아내지 못했으며, 결국은 주권을 유럽인에게 넘겨주되 (원래
자신들이 살아왔던) 동일한 영토에서 그들과 섞여 살 수밖에 없었던
것이다. 원주민은 유럽인에 의해 정복되고 다시 세워진 '국가'에
서 주인이 아닌 소수자(minority)로 전락되었고, 중심에서 주변의
자리로 밀려났다.

이는 국가나 민족 단위의 대결에서 식민화를 경험하고 제2차
세계대전 이후에 정치적으로 독립해 나간(탈식민화된) 다수의 피식
민지 민중들의 경험과도 다르며, 또한 이미 확립된 나라에 다양한
경로를 통해 들어온 유색인종과 백인 주류 사회가 겪는 갈등의 양
상과도 상당히 다른 것이다. 만일 전자를 식민/탈식민주의, 후자
를 인종주의라는 패러다임으로 설명할 수 있다면, 북미원주민의
피식민화의 과정은 (일정 부분 겹치기도 하지만) 이 양자와는 상당히
다른 것이어서 우리에게 새로운 형태의 문제 틀을 요구한다.[2]

나는 다른 글에서 현대 북미원주민 문학을 바라보는 새로운
문제 틀로서 '내적 식민지'의 개념을 제안한 적이 있다(오민석,
5~33쪽). 그 글에서 내적 식민지 개념을 발전시켜 "한 민족의 다른

민족에 대한 식민화의 역사가 영속화되면서, 하나의 국가·영토·사회 내부에서 자본과 권력을 독점한 식민 세력에 의해 피식민 세력이 지속적으로 착취당하고 억압당하는 현상과 그 공간"이라고 정의한 바 있다(오민석, 10쪽). 내적 식민지의 개념을 도입함으로써 우리는 원주민과 백인들 사이의 관계를 이미 사라진 역사가 아니라, 지금도 계속 진행되고 있는, 살아 있는 현실로 읽을 수 있을 것이다.

원주민은 이른바 '인디언' 민속박물관에 박제되어 있는 것이 아니라, 지금도 여전히 백인 주류 사회의 한 구성원으로서 살아가고 있으며, 이들의 현재는 바로 이들이 겪은 내적 식민지의 역사에 의해 규정되고 있는 것이다. 이들은 하나의 공간 안에서 주류 백인들과 섞여 있고, 이 불편한 섞임은 백인들의 유럽 중심적인 담론과는 다른 담론들을 생산하면서 백인 주류의 담론에 다양한 흠집들을 내고 있다.

이 책은 이러한 맥락 속에서 토머스 킹의 『한 좋은 이야기, 그 이야기』[3]를 통해 내적 식민지의 장구한 역사 속에서 원주민담론이 어떻게 백인 주류 담론을 교란시키며, 주류 담론의 단일강세화(uniaccentualization) 전략에 저항하는지를 살펴볼 것이다.

텍스트의 정치학

볼로쉬노프가 오래전에 간파했듯이 텍스트는, 기호는, "계급투쟁의 각축장"이다(Vološinov, p.23). 볼로쉬노프는 "계급투쟁"이라는 용어를 사용했지만, 여기에서의 "계급"이란 좁은 의미의 사회적 계급만을 의미하는 것이 아니라, (넓은 의미에서의) 이해관계를 달리하는 다양한 집단들을 가리킨다. 볼로쉬노프가 볼 때, 기호가 계급투쟁의 장이 되는 이유는, 간단히 말해 계급이 기호공동체와 일치하지 않기 때문이다.

여기에서 계급이 기호공동체와 일치하지 않는다는 말은, 이해관계를 달리하는 다양한 집단들이 하나의 동일한 기호를 사용하고 있음을 의미한다. 이해관계를 달리하는 다양한 개인들 혹은 집단들은 공동으로 사용하는 기호들 속에 각기 자신들의 이해관계라는 강세들(accents)을 각인한다. 그리하여 기호의 장에서는 수많은 강세들의 충돌이 일어날 수밖에 없다. '텍스트의 정치학(textual politics)'이 가능한 것은 바로 이와 같은 맥락에서이다.

원주민 작가들은 타자의 언어인 영어로 텍스트의 다양한 지평들을 넘나들며 유럽 중심의 강세로 물든 기호들을 원주민의 담론으로 보충(supplement)하고 대체(substitution)한다. 먼 옛날 그들의 선조들이 광활한 초원을 달리며 실물의 대지 위에 발자국을 남겼다면, 이제 그들은 영어라는 언어공동체 안에서, 기호 위에, 텍스트 위에, 그들의 강세를 기록한다. 그들은 타자의 언어를 빌려 타자들을 조롱하고, 위협하고, 달아나고, 달려든다.

현대 원주민 문학은 타자의 언어로 그들의 비유(trope)를 다시 비유한다는 의미에서 '비유의 비유(trope of trope)'이다. 그들은 주인의 비유(master's trope)를 다시 비유함으로써 주인의 주인됨을 조롱하는 원숭이이다.[4] 이 상호텍스트성(intertextuality), 비유와 비유 사이에 원주민의 문학이 존재한다.

우리는 이제 토머스 킹의 『이야기』를 통해 이와 같은 전략, 언어 수행(performance)이 어떻게 실현되고 있는지 그 구체적인 예들을 살펴볼 것이다.

이야기 다시 쓰기, 혹은 비유를 비유하기

서사 혹은 이야기는 인식 주체가 세계를 전유(appropriation)하는 한 방식이다. 인류는 태초부터 수많은 이야기를 생산함으로써 세계를 설명해왔다. 제임슨(Fredric Jameson)에 따르면 서사는 "인간 정신의 중심적인 기능, 혹은 층위(instance)"(Jameson, 1981, p.13)로서 "그것을 통해 우리가 현실을 이해하는 근본적인 범주적 형식들 중의 하나"(Jameson, 1988, p.140)이다.

인간의 모든 서사가 이렇듯 세계 인식·전유의 한 방식이지만, 북미원주민에게 이야기는 오랜 세월에 걸쳐 그들의 구전(口傳) 전통과 결합되면서 특별한 의미를 형성해왔다. 이들은 조상 대대로 이야기를 생산해왔으며, 이야기를 통해 세계를 설명해왔다. 이들의 이야기는 세대를 넘어 꼬리에 꼬리를 물며 이들의 '집단' 무의식을 형성해왔다. 그레이엄(Mary Graham)은 원주민의 이야기가 개인이 아닌 (집단적) 전통에 속해 있다는 점에서 비(非)원주민들의 이야기와 구별된다고 주장한다(Ruffo, p.217 참조).

토머스 킹의 『이야기』에서 우리는 유럽 중심의 서사들이 원주민의 입장에서 다시 쓰이는 것을 발견할 수 있다. 가령 표제작이기도 한 「한 좋은 이야기, 그 이야기」에서 우리는 유럽의 대표적인 창조서사인 「창세기」의 아담과 이브 이야기에 대한 독특한 패러디를 만난다. 이 단편소설의 원주민 화자는 자신의 동족 친구인 나피아오(Napiao)가 데려온 세 명의 백인 인류학자에게 원주민 대대로 전해져 내려오는 "오래된 이야기"(5쪽)를 전해준다. 이야기를 해달라는 그들의 부탁에 자기 친구들의 최근 근황을 전했더니 그들이 "훌륭한 인디언의 이야기(Good Indian story)"(5쪽)를 해달라고 원했기 때문이다.

녹음기를 들이댄 그들에게 그가 전하는 창조의 이야기는 다음과 같다. 옛날 옛적에 한 신(God이 아닌 god)이 있었다. 이 신은 별과 달과 동물과 식물들을 만든 후 에덴동산이 아닌 "이브닝 가든(Evening garden)"(6쪽)을 만들고, 이곳에 두 명의 인간을 집어넣었다. 그중 남자의 이름은 (아담이 아닌) "아-댐(Ah-damn)"(6쪽)이고, 여자의 이름은 (이브가 아니라 "이브닝 가든"을 따라) "이브닝(Evening)"(6쪽)이다. 어느 날 이브닝은 이브닝 가든에 있는 큰 나무 하나를 발견한다. 이 나무에는 감자·호박·옥수수·베리 등 온갖 종류의 좋은 것들이 매달려 있다.

그중에 이브닝은 (백인들이 사과라고 부르고) 원주민이 "미이-소(mee-so)"(7쪽)라고 부르는 과일을 발견하고 그것을 따먹으려 한다. 그러자 "사과를 따먹지 말라"(7쪽)고 말하는 신(god)의 목소리가 들린다. 이브닝은 신에게 "이것은 나의 정원이다"(7쪽)라고 대든 후 미이-소를 따먹는다. 그녀는 워낙 "관대하고 훌륭한 여자"(8쪽)였기 때문에, 사물들의 이름을 글(writing)로 명명하느라 정신없이 바쁜 아-댐에게 다가가 미이-소 세 개를 건네준다. 이 대목에서 화자는 아-댐과 이브닝을 다음과 같이 묘사한다.

아-댐은 그렇게 똑똑한 친구가 아니다. 백인인 할리 제임스나, 뭐 그런 친구들처럼. 이브닝은 내 생각에 인디언 여자인 것 같다.

That Ah-damn not so smart. Like Harley James, whiteman, those. Evening, she be Indian woman, I guess. (9쪽)

화가 난 신이 지나가다 이브닝을 보고 야단을 치자, 이브닝은 "진정하시고, 가서 TV나 보시지요"(9쪽)라고 말한다. 이에 더욱 화가 난 신은 이브닝에게 이브닝 가든을 떠나라고 명령한다. 마치 "오늘날 인디언들을 보고 떠나라고 한(Just like Indian today)"(9쪽) 백인들처럼 말하는 신에게 이브닝은 "그래요, 주변에 얼마든지 좋은 곳이 많다고요"(9쪽)라고 답하면서, "그 신이라는 친구(that fellow, god), 아마도 백인일 거야"(9쪽)라고 말한다.

신은 아-댐에게도 떠나라고 말하면서 아-댐도 사과를 세 개나 먹었다는 사실을 지적한다. 아-댐은 세 번 슬피 울고 나서, 처음에는 하나밖에 먹지 않았다고 거짓말을 하고, 다시 신이 혼을 내자 사실은 두 개밖에 먹지 않았다고 금방 말을 바꾼다. 그러자 신은 아-댐도 이브닝 가든 바깥으로 내 던진다. 아마도 "덩치가 큰 백인일"(10쪽) 그리고 백인들이 "뱀"(9쪽)이라고 부르는 "주-푸우-피(Ju-poo-pea)"(9쪽)에게도 사과 하나를 주고 이브닝은 가든을 떠난다. 아-댐과 이브닝은 이렇게 이브닝 가든을 떠나 많은 자손들을 낳고 산다. 이 이야기를 들은 동족 친구 나피아오는 이를 "한 좋은 이야기, 그 이야기(One good story, that one)"(10쪽)라고 말한다.

기독교인의 입장에서 보면 불경스럽다고까지 할 수 있을 이 이야기는, 사실 기독교 경전 자체를 겨냥하고 있다기보다는, 캐나다 정부와 주로 가톨릭 그리고 개신교 교회들에 의해 1840년대에서 1996년까지 자행된 이른바 '기숙학교 제도(residential school system)'의 역사에 그 뿌리가 잇닿아 있다. 다른 나라들에 비해 전쟁과 학살 등, '악몽의 세월'을 상대적으로 덜 겪은, 겉보기에 평화로웠던 캐나다 역사상 이 기숙학교의 역사는 아마도 가장 부끄러운 치부에 해당될 것이다.

2008년, 캐나다 수상 스티븐 하퍼(Stephen Harper)의 공식사과와, 2009년, 바티칸의 교황 베네딕트 16세(Pope Benedict XVI)가 가톨릭 교회가 당시 저지른 만행에 대해 '슬픔과 고통과 괴로움'을 느낀다고 공식 표명함으로써 적어도 겉으로는 일단락된 이 사건은, 그러나 캐나다 원주민들에게 유럽과 유럽의 문화뿐만 아니라 유럽

문화의 근저에 있는 기독교 담론에 대해 영속적인 반감을 심어주기에 충분한 것이었다.

원주민 '아이들 속의 인디언'을 언어적·정치적·문화적으로 죽이기 위해 시작된 이 제도는, 1850년부터는 아예 6세에서 15세까지의 모든 원주민의 자녀를 강제로 기숙학교에 입교시키는 것을 법률화함으로써, 이 나이에 속한 모든 원주민 자녀들을 마치 군대에서 징집을 하듯 부모에게서 빼앗아 강제로 기숙학교에 보냈다. 나이가 들어 기숙학교에서 나온 청소년기의 원주민 자녀들은 자신들의 문화와 언어와 가족들로부터 너무나 오랜 기간 격리되었었기 때문에 보호구역(Indian reserve)에 남아 있는 가족들과도 융합할 수 없었으며, 그렇다고 보호구역 바깥의 백인 주류 사회에 합류될 수도 없는, 사회적 미아(迷兒)들이 되지 않으면 안 되었다.

중요한 것은, 기숙학교에서 진행된 교육이 철저하게 남성 중심적이고 유럽 중심적인 이데올로기의 주입을 목표로 진행되었다는 것이다. 일단 가족과 분리된 채 기숙학교에 들어오면 원주민 자녀들은 이들 고유의 언어와 문화와 놀이와 생각을 모두 버리지 않으면 안 되었다. 이들은 담당 교파에 따라 (타자의 언어인) 영어와 프랑스어를 배워 그 언어로만 소통해야 했다. 원주민 공동체에서 원주민 여성들이 지도자로서 그리고 생산적 노동자로서 존중받았던 것과 달리, 여학생은 유럽식 가부장제의 전통에 따라 요리나 청소·뜨개질 등 이른바 '집안일'을 주로 배우고, 남학생은 농사와 목축 관련 일들을 학습했으며, 숙소 역시 철저히 분리되어 심지어 남매간에도 서로 만나기가 어려울 정도였다.

이들은 또한 조상 대대로 물려져 내려온 모든 형태의 종교나 신념체계를 버리도록 강요받았으며, 대신 그들의 영적 공간을 유럽인들의 기독교로 채울 것을 강요당했다. 위생환경은 거의 최악이어서, 통계에 따르면 1894년에서 1908년 사이에 기숙학교에 수감된 아이들의 사망률은 35~60퍼센트에 이르렀으며, 1920년에서 1922년 사이 학교에 따라 50퍼센트에서 90퍼센트 이상에 달하는 원주민 학생들이 결핵에 걸렸다.

게다가 교사들과 학교의 관료들에 의해 자행된 원주민 자녀들에 대한 육체적·성적·심리적 학대는 심각한 수준을 넘어서는 것이었다. 더구나 이 야만의 폭력이, 제2차 세계대전이 종결되고 대부분의 나라가 (적어도) 정치적으로 탈식민화된 지 무려 50여 년이 지난 최근(1996)까지 진행되었다는 사실은, 내적 식민지의 모순이 얼마나 심각한 문제인지 잘 보여준다.[5]

토머스 킹이 위의 단편소설에서 보여주는 패러디는 이와 같은 원주민 죽이기의 역사에 대한 환기일 뿐만 아니라, 앞에서도 언급했던 '주인의 비유(master's trope)'를 다시 비유함으로써 "주인의 주인됨을 조롱하는", 텍스트 차원에서의 전복(顚覆)의 정치학이나 다름없다. 아담을 "아-댐"으로 환치하는 토머스 킹의 텍스트에는, 무려 150년 이상이나 평화적 '전도'가 아닌 목숨을 담보로 기독담론을 강요받았던 원주민의 집단적·무의식적 저항이 깔려 있는 것이다. 토머스 킹의 텍스트에서 에덴동산의 서사는 좁은 의미의 『성경』이야기가 아니라, 유럽인의 세계관을 대표하는 비유(서사)인 것이며, 킹은 단일강세화된(uniaccentualized) 유럽 중심의 서사를 인디언 중심의 서사로 다시 씀으로서, 다중강세화(multiaccentualization)하고 있는 것이다.

『이야기』의 다른 단편, 예컨대 「코요테 콜럼버스 이야기(A Coyote Columbus Story)」에서는 콜럼버스의 이야기가 원주민의 입장에서 다시 쓰이는데, 이 단편에서 콜럼버스는 단지 탐험가로서 우연히 미국을 발견한 자가 아니라, 무언가를 팔아서 부자가 되고 유명해지는 것을 삶의 유일한 목표로 삼은 자로 묘사된다. 재미있는 것은, 그가 무언가를 '팔아서 부자가 되기'를 최상의 목표로 삼고 있는, 다름 아닌 (현대) 자본주의 이데올로기의 소유자로 묘사되고 있다는 것이다.

신대륙에 도착해 "코요테 영감(Old Coyote)"를 만난 콜럼버스는 공놀이를 원하는 코요테의 요구를 무시하고, "우리는 팔 수 있는 것을 찾아야 해"(125쪽), "어디에 금이 있지?" "어디에 비단 옷감이 있는 거야?"(125쪽)라고 묻는다. 게다가 이 질문은 콜럼버스가 신대륙을 발견하던 시대적 맥락을 넘어 "휴대용 컬러텔레비전은 어디에 있지?" "가정용 컴퓨터는 어디에 있고?"(126쪽)라는 질문으로 확대된다. 토머스 킹이 여기에서 컬러텔레비전과 컴퓨터까지 들먹이는 것은, 콜럼버스를 통해 상징적으로 시작된 식민의 역사가 사실은 본질적인 의미에서 자본주의적 침략의 역사라는 것을 시사하는 것이다.

원주민을 상징하는 늙은 코요테가 지향하는 가치가 콜럼버스가 지향하는, 자본주의적 교환가치와 본질적으로 다른 것이었음은 그가 (돈벌이에 골몰해 있는) 콜럼버스에게 계속해서 (마치 철모르는 어린아이처럼) 공놀이를 하자고 조르는 데서도 드러난다. 여기에서 "공놀이"는 자본주의적 교환가치가 아닌, 보다 순수한 의미의 우정의 교환을 지향하는 원주민 문화를 함의한다.

이 단편에서 콜럼버스는 코요테의 공놀이 요구를 거부하고 "인디언"들을 잡아다 시장에 내다 팖으로써 (그의 소원대로) 부자가 되고 유명해진다. 이 이야기는 콜럼버스가 상징하는 유럽 영웅의 식민서사를 원주민 서사로 다시 씀으로써, 그 안에 감추어져 있는 침략적 제국주의(자본주의) 이데올로기를 드러내고 있다.

트릭스터(trickster), 주류 담론에 흠집 내기

트릭스터는 전 세계의 민담·설화·신화·문학작품 등에 다양한 방식으로 등장하는 존재다. 트릭스터는 서사들 안에서 인간·신·동물, 혹은 인간을 닮은 동물 등의 다양한 형상으로 나타나며, 트릭스터라는 말 그대로 전통적이고 규범적인 규칙들을 조롱하고 속이고 일탈하는 존재이다. 트릭스터들은 마치 들뢰즈의 유목민(nomad)들처럼 모든 규범을 탈영토화(deterritorialization)한다.

이들은 안정된 권위와 구조화된 개념들에 흠집을 내며, 모든 형태의 고원들(plateaus)마저 거부하는 탈주자들이다. 이들은 배브콕(Barbara Babcock)이 지적한 것처럼, "사회의 구조들과 문화적 사물들의 질서를 혼란에 빠뜨리고, 그것들로부터 도망칠 줄 아는 능력"(Petrone, p.16에서 재인용)의 소유자들이다.

이런 점에서 캐나다 전 지역의 원주민 구전 서사에서 트릭스터들이 자주 출몰하는 것은 매우 흥미롭다. 트릭스터들은 현대 캐나다의 원주민 출신 작가들의 텍스트에서도 나타나지만, 원주민의 전통 서사에는 더욱 흔하게 등장한다. 마치 대초원의 늑대나 물소처럼, 트릭스터는 원주민 서사의 이곳저곳에 널려 있다. 원주민 서사에서 트릭스터의 이와 같은 편재성(ubiquity)은, 원주민의 서사가 본래부터 단일한 규범을 인정하지 않으며, 유희와 트릭(play and trick)을 향유하고, 대상에 대한 단일한 해석을 거부하고, 경계를 수시로 넘나듦을 의미한다. 한마디로 모든 것의 약호화를 거부하는, 다양성과 역설의 세계로 열려 있었음을 의미하는 것이다.

따라서 백인 주류 담론을 교란시키고 유럽 중심의 문화와 사상을 희화화하는 토머스 킹의 『이야기』에 트릭스터가 자주 등장하는 것은 전혀 이상할 것이 없다. 캐나다 원주민의 구전 서사에는 다양한 트릭스터들이 존재한다. 그중 가장 대표적인 것은 코요테(Coyote)이고, 이 밖에도 까마귀(Raven), 노인(Old Man), 나나보조(Nanabozho), 위사케드약(Wisakedjak), 굴르스캡(Glooscap) 등이 있다(Kröller, p.25 참조).

토머스 킹의 텍스트에는 주로 코요테가 등장하는데, 코요테는 유럽 중심적인 담론이 말 그대로 '담론적 구성물(discursive construct)'에 불과하며, 따라서 항구적 기의(signified)를 가질 수 없음을 다양한 트릭과 말장난을 통해 보여준다. 앞에서 (유럽의) 창조서사에 대한 패러디로 살펴본 「이야기」에서도 코요테는 예외 없이 등장한다. 아-댐이 신의 명령에 따라 사물들의 이름을 짓는(writing) 장면을 보자.

내 생각에 그는 사물들의 이름을 글로 쓰느라 바쁘지. 그가 모든 동물들의 이름을 어딘가에 쓰는데, 나도 모르겠어. 그건 아주 지루한 일이지.

사슴이 지나가며, 미-아-루라고 말하지.

엘크가 지나가며, 파-페-오라고 말하지.

푸른-꽃-베리가 지나가며, 츨링-타라고 말하지.

아-댐은 이브닝처럼 똑똑하지가 않아서, 그 친구는 푸른-꽃-베
리를 동물이라고 생각하나봐.

개가 지나가며, 아-마-포라고 말하지.

(……)

코요테가 지나가며, 클리-쿠아라고 말하지.

I think he is busy then, writing things down. All the animals'
names he writes somewhere, I don't know. Pretty boring that.

Deer come by, says Me-a-loo.

Elk come by, says Pa-pe-o.

Blue-flower-berry come by, says Tsling-ta.

Ah-damn not so smart like Evening, that one thinks Blue-
flower-berry is animal, maybe.

Dog come by, says A-ma-po.

(……)

Coyote come by, says Klee-qua. (8쪽)

이와 같이 아-댐의 이름 짓기는 계속된다. 아-댐은 백인으로서 동물들이 지나갈 때마다 영어(글, 문어, writing)로 이름을 짓는데, 동물들은 지나가면서 영어 대신 원주민의 구어(말, speech)로 자신들의 이름을 말하고 있다. 코요테 역시 자신의 이름을 "클리-쿠아 (Klee-qua)"라고 말한다. 재미있는 것은 그다음이다. 모든 동물이 지나간 후, 코요테는 네 번, 여덟 번씩 다시 지나가며 장난을 친다.

모든 동물들이 지나가지. 코요테도 아마 네 번, 아마 여덟 번은 지나갔을 거야. 옷을 입고, 놀리면서 말이지.

그러면서 피이스토-파라고 말하지.

호-타-고라고 말하지.

오호-이-키라고 말하지.

하, 하, 하, 하.

코요테는 참 교활해.

All those animals come by. Coyote come by maybe four, maybe eight times. Gets dressed up, fool around.

Says Piisto-pa.

Says Ho-ta-go.

Says Woho-i-kee.

Says Caw-ho-ha.

Ha, ha, ha, ha.

Tricky one, that coyote. (8~9쪽)

아-댐의 이름 짓기가 하나의 기표(signifier)에 하나의 기의를 연결시키는 행위라면, 코요테는 트릭을 사용(Get dressed up!)해 아-댐이 만든 기표에 여러 개의 기의를 연결함으로써 기표와 기의 사이의 상응성(correspondence)·안정성을 교란·해체시킨다. 코요테의 말장난에 의해, 아-댐의 '글'의 의미는 결정(고정)되지 않고, 바르트의 표현을 빌리면, 의미화과정(signification)으로 무한히 지연된다.

코요테의 트릭에 의해 아-댐의 언어체계는 '신뢰할 수 없는(unreliable)' 것이 되고 만다. 코요테의 이와 같은 해체전략은 에덴동산 서사를 이브닝 가든 서사로 바꾸어버리는 '언어 전략(verbal strategy)'의 배경이 된다. 이브닝이 아-댐에게 사과(미이-소)를 먹이는 다음의 대목을 보라.

이브닝이 돌아오네. 그리고 말하는 거야. 이것 봐! 이 동그랗게 퍼져 있는 코요테 발자국들은 도대체 다 뭐야. 별로 똑똑하지 않은 아-댐은, 그렇지만 오로지 배가 매우 고팠을 뿐이거든.

Evening come back. Hey, she says, what are all these coyote tracks come around in a circle. Not so smart, Ah-damn, pretty hungry though. (9쪽)

"동그랗게 퍼져 있는" 코요테의 발자국들은 아-댐이 사물의 이름을 명명하는 동안 코요테가 그의 주위를 돌며 장난을 칠 때 생긴 것이다. 아-댐은 그것도 모르고 "오로지 배가 매우 고"팠기 때문에 이브닝의 미이-소를 받아먹기에 바쁘다. 이브닝이 아-댐에게 미이-소를 먹이는 행동은, 아담으로 대표되는 백인 담론을 이브닝으로 대표되는 원주민 담론으로 채색함으로써, 일종의 '혼종(hybridity)'을 만든다. 이것은 제임슨의 표현을 빌리면, "사회적 상징 행위(Socially symbolic act)"이다.

토머스 킹의 텍스트에서 이 사회적 상징행위는 코요테라는 트릭스터의 말장난을 거친다. 코요테의 발자국이 여기저기 원을 이루며 찍혀 있는 것은, 이제 바로 이어 혼종 만들기라는 이브닝의 사회적 상징행위가 시작될 것임을 암시하는 것이다. 이 소설이 끝나면서, 화자가 "나는 바닥에 있는 코요테의 모든 발자국들을 지운다(I clean up all the coyote tracks on the floor)"(10쪽)라고 말하는 것은, 이 텍스트 안에서 이브닝에 의한 사회적 상징 행위인 서사 다시 쓰기(rewriting)의 완성을 의미하는 것이나 다름없다.

토머스 킹의 소설에서 코요테는 원주민이면서 동시에 원주민이 아닌 다른 존재이기도 하다. 소설에 등장하는 백인들은 "인디언들"을 코요테와 동일시한다.

가령 「콜린 스털링 하사가 어떻게 앨버타주의 블라섬과 이 세상의 나머지 대부분을 구했는가(How Corporal Colin Sterling Saved Blossom, Alberta, and Most of the Rest of the World as Well)」(이하, 「콜린 스털링」이라 줄여 씀)에 등장하는 백인들은 거의 예외 없이 "인디언들"을 "코요테"라고 부른다. 원주민이 코요테처럼 교활하고 다루기 힘든 존재라는 의미에서이다. 백인에게 코요테는 또한 백인 중심의 질서를 어지럽히고 교란시키는 자, 그런 의미에서 사회적 '소음(noise)'을 가리키기도 한다.

"자네는 저 지긋지긋한 코요테들의 소리를 들었나?" 닥터 펠프스는 사무실의 창밖을 내다보았다. 바람이 불고 있었고, 검은 대초원의 그루터기가 퇴적물들 사이로 보이기 시작했다.
"그냥 바람 소린데요." 스털링 하사(경관)가 말했다.
"코요테 소리야." 의사가 말했다.
"바람 소리예요." 경관이 말했다.

"Have you heard those damn coyotes?" Doctor Phelps looked out

of his office window. The wind was blowing, and the black prairie
stubble was beginning to show through the drifts.

"Just the wind," said Corporal Sterling.

"Coyotes," said the doctor.

"Wind," said the Corporal. (57쪽)

위에서 보다시피 두 백인들 사이의 대화에서도 코요테는 "검은
대초원"을 부는 바람과 혼동을 일으키고 있다. 그 소리가 바람 소
리이건 코요테가 울부짖는 소리이건 그것이 백인들의 평화와 안
위를 위협하는 불길한 소리라는 점에서는 차이가 없다. 이 소설에
서는 원주민을 구하기 위해서 외계인이 우주선을 타고 날아오는
대목이 나오는데, 이 소설에 등장하는 백인들이 보기에 이 외계인
들 역시 "푸른 개(blue dog)"(61쪽)를 닮은 코요테의 형상을 하고 있
다("They look like coyotes")(59쪽). 이렇게 보면 백인 담론에서 코요테
는 '인디언性(Indian-ness)'이 응축된 기표나 다름없다.

그러나 토머스 킹의 소설에서 코요테는 백인들의 이와 같은
'단일한 해석'을 조롱이라도 하듯, "인디언"이 아닌 다른 존재로
얼마든지 환치된다. 「코요테가 서부로 간 이야기(The One About
Coyote Going West)」에서 코요테는 창조설화의 주인공, 즉 조물주
(creator)로 등장하는데[6] 역설적이게도, 만물을 창조하기 전에 "큰

실수(big mistake)"(72쪽)를 먼저 저지른 '멍청한' 신으로 묘사된다.

「코요테 콜럼버스 이야기」에 등장하는 "코요테 영감(Old Coyote)"은, 친구인 "인디언들"이 자기와 공놀이하는 것을 그만두고 다들 낚시·쇼핑·영화·휴가 등을 위해 떠나 버리자, 무료함을 견디지 못해 콜럼버스 일행과 그들의 선박 등을 만들어(creator!) 아무런 경계심도 없이 그들과 어울려 '논다'. 그러다가 그는 자신도 모르는 사이에 그들(피조물들)의 계략에 넘어가고, 그들이 자신의 친구인 "인디언들"을 팔아넘기는 것을 수수방관하게 되며, 결국 외톨이가 되고 마는 "멍청한(silly)"(125쪽) 존재로 묘사된다.

원주민의 구전 설화 그리고 토머스 킹의 소설 속에서, 코요테는 끊임없이 변신(transformer)하며 모든 견고한 범주를 무너뜨리는 장난꾸러기이자 의미화 과정의 해방자다. 토머스 킹의 소설 그리고 전래 원주민 구전 설화에서 코요테는 이렇듯 범주화·약호화를 거부함으로써, 범주화·위계화·영토화 전략에 토대하고 있는 유럽 중심 담론과 늘 반대편에 서 있다. 그런 점에서 다의성(multiplicity), (바흐친의 표현을 빌리면) "다성성(polyphony)" "이질언어성(heteroglossia)"을 지향하는 원주민 담론의 기표라고 할 수 있을 것이다.[7]

판타지, 개연성을 넘어서

　토머스 킹이 유럽 중심 담론을 휘젓고 들어가는 또 하나의 방식은 판타지의 과감한 도입이다. 컬리턴이나 암스트롱 같은 원주민 출신 작가들이 각각 『에이프릴 레인트리를 찾아서』 『슬래시』 등을 통해, 백인 주류 사회 안에서 보내는 원주민의 삶을 전통적인 리얼리즘 혹은 르포르타주(reportage) 기법을 통해 사실 그대로 재현하거나 드러내는 데 집중한다면, 킹은 판타지를 동원해 개연성의 벽을 허물며 자유롭게 상상력을 구가한다. 킹에게 판타지는 단순한 기법이라기보다 현실 사회에서 바꿀 수 없는 백인 중심 사회의 구조를 텍스트 상에서 교란시킨다는 점에서 명백히 '텍스트의 정치학'이라 불릴 만하다.

　「토템(Totem)」에 등장하는 화랑에서는 현대 캐나다 미술작품 전시회가 열리고 있다. 그런데 화랑의 한 직원은 전시장 구석에 이 전시회와 무관한 캐나다 원주민의 토템 폴(totem pole)이 세워져 있는 걸 보고 놀란다. 게다가 이 토템 폴은 "가글링(gargling)"(14쪽)하는 것도 같고, "낄낄거리는(chuckling)"(14쪽) 것 같기도 한 이상한 소리를 계속해서 낸다. 그러나 아무도 이 토템 폴의 출처를 모른다. 보고를 받은 화랑의 디렉터는 일꾼들을 불러 토템 폴을 치우라고 말한다.

일꾼들이 토템 폴을 치우려고 하나 그것은 마치 콘크리트 건물 바닥 깊숙이 뿌리를 내리고 있는 것처럼 꿈쩍도 않는다. 일꾼 중의 한 명은 "말도 안 돼. 바닥이 콘크리트잖아. 내가 이 건물을 지을 때부터 있었는데, 토템 폴을 마루에 세우고 콘크리트를 붓는 것을 본 적이 없다"고(15쪽) 말한다. 전시회장에서 토템 폴이 계속해서 낄낄거리며 가글하는 소리를 내도록 놔둘 수는 없으므로, 이들은 전기톱을 이용해 그것의 밑동을 절단한 후 지하 창고에 쳐넣는다.

다음 날 아침 출근하자 잘라낸 밑동에서 또 다른 토템이 자라나서 이번에는 "끙끙거리며 푸념하는(grunting)"(16쪽) 소리를 내고 있다. 듣기에 따라 이 소리는 "웃는(laughing)" 소리 같기도 하고, "박자를 맞추어 내는 소리(chant)"(15쪽) 같기도 하다. 그들은 이번에도 전기톱으로 토템 폴의 밑동을 잘라내 지하창고로 가져가 지난번 베어낸 폴 옆에 세워둔다. 이들이 점심 식사를 하고 돌아오자 다시 자라난 토템 폴이 이번에는 큰 소리로 폭발할 듯 소리를 질러대는데(shouting, 16쪽), 그 메아리가 얼마나 큰지 벽에 걸린 전시 중인 그림들(캐나다 현대 예술작품들)이 흔들릴 정도다.

그들은 계략을 짜서 토템의 밑동을 자른 후 원예사들이 나뭇가지를 전지한 후 바르는 접착제를 바르기로 한다. 다음 날 아침에 직원들이 출근을 해보니, 이번에는 토템 폴이 "높고 구슬픈 콧소리로 노래(singing)"(17쪽)하고 있는 게 아닌가. 화랑의 백인들은 마침내 이 토템 폴을 그냥 놔두기로 결정한다. 그냥 놔두고 무시해 버리면 그것이 노래를 멈추고 어디로 가버리거나 사라지거나 할 것이라고 생각한다. 그들의 예상대로 일주일 정도가 지나자, 백인들은 이 소리에 상당 정도 무감하게 되었고, 또 한 달이 거의 지나자 그 소리를 거의 의식하지 않게 된다.

이 단편에서도 원주민을 상징하는 토템 폴은 코요테처럼 백인들을 고문하는 '소음'으로 존재한다. 그것은 다양한 소음(gargling, chuckling, grunting, laughing, chant, shouting, singing)으로 백인들을 진땀나게 하고 골머리를 앓게 한다(17쪽). 그들은 없애려고 해도 없어지지 않으며, 콘크리트가 상징하는바, 무생명의 토양에서도 순식간에 자라나는 나무의 밑동처럼 생명성으로 가득 차 있다. 토템 폴의 시각적 수직성(守直性)은 원주민 문화의 이와 같은 생명성과 당찬 기운을 상징하기에 충분하다.

그들은 캐나다 현대 미술작품들이 전시되고 있는 공간에서는 초대받지 않은 손님이지만, 오래전부터 죽음의 콘크리트 바닥을 뚫고 자기의 땅에 단단히 뿌리를 내리고 있는 이 땅의 원래 주인들이다. 자기의 땅에서 자기의 땅으로 유배당한 이들의 외침(shouting)은, 전시되고 있는 작품들을, 유럽 중심적인 담론을 뒤흔드는 소음이다. 백인들은 자신들이 차지한 공간에서 이들을 완전히 배제하기를 원하지만, 그것은 불가능하다. 그들은 어찌할 수 없이 이들과 섞여 살 수밖에 없는 것이다. 그러나 이 '섞여 삶'은, 불편하다. 이 작품의 마지막에 나오는 화랑 디렉터에 대한 다음의 묘사를 보라.

그럼에도 불구하고 월터는 토템 폴이 계속해서 공간을 차치하고 있다는 것에 여전히 화가 나 있었다. 지하실에서 나와 마룻바닥에 미세한 먼지처럼 가라앉아 낮고도 규칙적인 맥박소리를 내는 토템 폴에 대해 설명할 수 없이 분통이 터졌다.

Nonetheless, Walter remained mildly annoyed that the totem pole continued to take up space and inexplicably irritated by the low, measure pulse that rose out of the basement and settled like fine dust on the floor. (18쪽)

백인들은 그들을 "설명 불가능하게(inextricably)" 불안하고 초조하게 만드는 원주민의 "낮고도 규칙적인 맥박소리(low, measure pulse)"와 한 공간 안에서, 그들의 존재를 인정하며 살 수밖에 없다. 이것이 내적 식민지의 현실인 것이다. 그들의 초조와 불안은, 내적 식민지가 지속되는 한 사라지지 않는 식민자의 불안이고, 토템 폴들이 내는 다양한 소음들은 자기의 땅에서 자기의 땅으로 유배당한 피식민자들의 저항의 목소리이다. 그리하여 내적 식민지라는 텍스트는 이질적인 목소리들이 끊임없이 충돌하는 크로노토프(chronotope)가 되는 것이다.

「콜린 스털링」에서도 판타지 기법이 등장하는데, 이 단편은 캐나다 앨버타주, 블라섬(Blossom)에 있는 한 모텔(Chief Mountain)을 배경으로 시작된다. 백인이 운영하는 이 모텔에 투숙한 여섯 명의 "인디언들"은 다음 날 모두 온몸이 돌처럼 단단하게 굳은 채("Rock-hard Indians")(54쪽) 발견된다. 모텔주인(Ralph Lawton), 경찰(Colin Sterling), 의사(Phelps)는 각각 그들이 평소에 원주민에 대해 가지고 있던 온갖 부정적인 이미지(음주·마약·싸움·살인 등)를 총동원해 금시초문의 이 사태를 분석해보지만 도저히 그 원인을 알 수 없다.

원주민은 죽은 것도 아니고, 술에 취한 것도, 병이 든 것도 아니며, 그저 망치로 두드리면 "탱" 소리가 날 정도로 온몸이 굳어져 있는 것이다. 그중 한 명은 노래를 부르는 것도 아니고, 박자에 맞추어(chanting)(55쪽) 중얼거리는데, 가만히 들어보면 누군가를 간절히 기다려온 듯, "왜 이렇게 오래 걸렸어요?(What took you so long?)"(55쪽)라고 묻고 있다.

그날 저녁 티브이 채널들은 이 모텔의 원주민뿐만 아니라 캐나다·미국·남미·멕시코 등, 세계 전역에 흩어져 살고 있는 수많은 "인디언"이 (블라섬의 원주민과) 동일한 증세로 몸이 돌처럼 굳어가고 있다고 전한다.

그로부터 한 달여 동안 "인디언들"의 몸은 서서히 그러나 계속해서 굳어간다. 이 현상은 전염성이 전혀 없으며 오로지 "인디언들"에게만 발생한다는 특징이 있다. 마침내 블라섬에서만 무려 164명의 "인디언들"의 몸이 마치 "딱딱한 통나무들(petrified logs)"(57쪽)처럼 굳어지자, 경찰은 처치곤란인 이 "통나무들"을 콘지스터(Mike Congistre)가 운영하는 농산품 가게의 큰 창고에다 차곡차곡 쌓아놓는다.

그로부터 별일 없이 또 한 달여가 지난 어느 날, 창고의 주차장에 "크고, 밝은 푸른색의 우주선"(59쪽)이 도착한다. 콜린 스틸링과 콘지스터·펠프스 등이 가까이 다가가 보니, 코요테처럼 생긴 밝은 푸른색의 개 모습을 한 외계인들이 우주선에서 나온다. 그들은 이들을 코요테라고 부른다. 코요테들은 창고로 들어가 딱딱하게 굳어버린 "인디언"들을 입에 물고 하나하나 우주선에 옮겨 싣는다.

경찰인 콜린 스틸링이 이 "유괴당하고 있는 캐나다 시민들(kidnapped Canadian citizens)"(64쪽)을 구하기 위해 "영국 여왕의 이름으로(in the name of the Queen)"(64쪽) 몸으로 막아도 보고 총을 쏴

보기도 하지만, 모두 허사다. 이들은 투명인간처럼 총알뿐만 아니라 모든 장벽을 자유로이 통과하며 묵묵히 "인디언들"을 우주선에 실어 나를 뿐이다.

주말이 되자 블라섬뿐만 아니라 북미와 남미·멕시코 그리고 "인디언들이 있을 거라고 생각하지도 못한"(65쪽) 세계의 다른 여러 지역에서(심지어 독일에서도 거의 50명에 달하는) "굳어버린 인디언들"(65쪽)이 우주선에 실려 갔다는 사실이 알려진다. 콜린 스털링·콘지스터·펠프스 박사는 이들의 행방에 대해 이런저런 상상을 해본다. 그러나 명확한 해답은 없다. 대화의 말미(이자 이 작품의 말미)에서 펠프스 박사는 콜린 스털링에게 다음과 같이 묻는다.

"그때 그 인디언이 뭐라고 다시 말했지?"

"모텔에서 처음 발견됐던 그 인디언 말입니까?"

"응."

"마치 노래를 부르던 것처럼 보였던 그 인디언 말이지요?"

"응."

"그는 '왜 이렇게 오래 걸렸어요?'라고 말했지요."

"What'd that one Indian say again?"

"The one in the motel?"

"Yes."

"The one who sounded like he was singing?"

"Yes."

"He said, 'What took you so long?'" (65쪽)

토머스 킹이 개연성의 벽을 뛰어넘어 (판타지를 통해) 전달하고자 하는 메시지는 무엇인가? 위 단편에서 우리는, 멀쩡한 사람들이 "딱딱한 통나무들"처럼 변해 우주선에 실려 간다는, 어찌 보면 황당한 판타지가 오로지 원주민에게만 발생한다는 사실에 주목할 필요가 있다. 원주민과 백인은 서로 다른 말놀이 공간에 있다. 백인은 이 소설에서 원주민 공동체가 겪는 이 비(非)개연적 사건의 구경꾼에 불과하다. 이들은 판타지 게임의 규칙을 해석할 능력이 없거나 아니면 오독(misreading)하는, 판타지 공간의 문맹자다. 이들은 개연성을 넘어서는 규칙들을 이해하지 못한다.

반면 원주민과 그들을 데려가는 외계인들 사이에는 일종의 '친족유사성(family resemblance)'이 존재한다. 왜냐하면 양자는 (적어도 백인들이 볼 때) '코요테'라는 한 '가족'이기 때문이다.

따라서 외계인들이 원주민들을 '지금, 이곳'으로부터 다른 어떤 곳으로 데려가는 행위는, 백인들이 잘못 읽는 것처럼 "납치"가 아니라 '구원'이며, 부정의 공간에서, 긍정의 공간으로, 절망의 공간에서 희망의 공간으로 가는 이동이라는 상징성을 갖는다. 외계인들은 "영국 여왕의 이름으로" 명령하는 백인 경찰의 명령에 무반응으로 일관하며, 전 세계의 원주민을 이곳이 아닌 다른 어떤 곳으로 데려간다.

원주민의 몸이 '이곳'에서 움직일 수 없이 딱딱하게 굳어간다는 현상은, 백인 지배의 내적 식민지인 '이곳'에서 그들이 아무 일도 할 수 없다는 절망의 표현이며, 이 세계는 따라서 (마치 모더니스트들에게 현세가 그랬던 것처럼) 그들에게는 악몽의 크로노토프(chronotope)나 다름없다는 것을 의미한다. 이런 점에서 그들을 '다른 어떤 곳'으로 데려가는 외계인들은 그들이 오래 기다려온 "고도(Godot)" 혹은 '메시아'라는 함의를 갖는다.

위 인용문에서도 보듯, 몸이 굳어가던 한 원주민의 "왜 이렇게 오래 걸렸어요?"라는 질문은 ─이 단편에서 나오는 원주민 계열 인물들의 유일한 대사이자, 백인들에게는 해석 불가능한 '암호'인데─ 바로 그 오랜 기다림의 정점에서 터져 나온, 판타지 공간의 말놀이 규칙을 공유하는 자들끼리만 서로 이해할 수 있는 소통의 언어이다. 토머스 킹은 이 단편에서 개연성의 말놀이 공간을 판타지의 말놀이로 덧칠하면서, 현실 속에서 불가능한 것의 '상상적 해결(imaginary resolution)'을 도모하고 있는 것이다.

판타지를 동원해 돌이키기
어려운 현실 뛰어넘기

우리는 지금까지 토머스 킹이 『이야기』를 통해 보여준 다양한 서사전략을 살펴보았다. 그는 이야기 다시 쓰기, 트릭스터를 동원한 말장난·판타지 기법 등을 동원해 백인 주류 담론을 교란·전복시키고 있다. 그의 서사전략이 다름 아닌 '텍스트'의 정치학으로 읽힐 수 있는 것은, 그가 백인 담론들을 기호적 구성물(constructs of signs)로 간주하고 기호의 불안정성(unstability)을 그 근저에서 활성화시키고 있기 때문이다. 그는 이야기를 다시 씀으로써 백인 담론의 견고한 외관을 무너뜨리고, 말장난을 통해 기표의 근엄한 그물망에 빈틈을 내며, 판타지를 동원해 경화된(petrified), 돌이키기 어려운 현실을 뛰어넘는다.

앞에서도 일부 살펴보았지만 그가 백인 담론의 교란을 위해 동원하는 또 하나의 방법은 구어의 활성화이다. 그는 자신의 텍스트(글)에 원주민 구어(말)의 전통을 끌어들여, 문자 중심의 언어체계를 혼란시킨다. 그가 끌어들이는 원주민 구어들은 그리하여 스타카토(staccato)처럼 끊어진 미완의 문장들, 규범 문법의 규칙을 위반한 비문(非文)들로 가득 차 있다. 가령 다음을 보라.

빌리 프랭크와 데드-리버 돼지에 대해 말하지. 재미있는 이야기, 그 이야기, 빌리 프랭크와 데드-리버 돼지 말이야. 무지무지하게 큰 돼지. 빌리는 정말 작았어, 내 친구 나피아오처럼. 그의 등을 다쳤지. 트럭도 잃어버리고.

Tell about Billy Frank and the dead-river pig. Funny story, that one, Billy Frank and the dead-river pig. Pretty big pig. Billy is real small, like Napiao, my friend. Hurt his back. Lost his truck.(5쪽)

나피아오가 그 세 사람들과 온다. 백인들, 그들

Napiao comes with those three. Whiteman, <u>those</u>. (3쪽, 강조는 필자의 것)

그 한 신이 여기저기 돌아다닌다, 그러나 곧 그들은 지친다.

That one god walk around, but pretty soon they get tired. (5쪽, 강
조는 필자의 것)

　첫 번째 인용문에서 우리는 주어 혹은 동사가 생략된 미완의 문
장들을 만날 수 있는데, 이런 예는 토머스 킹의 텍스트 전반에서
발견되는 흔한 예이다. 또한 두 번째와 세 번째 인용문에 우리는
보통명사와 그것을 받는 대명사 사이에 수의 일치가 잘못된 비문
들을 만날 수 있는데, 이 역시 그의 텍스트에서 흔히 발견되는 예
이다.

　투른에 따르면, 토머스 킹이 원주민 구어의 효과를 절감하고 자
신의 텍스트에 원주민 "음성의 조각들(voice pieces)"(Toorn, p.36)을
끌어들이게 된 결정적인 계기는 크루익생크(Julie Cruikshank)와 위
크와이어(Wendy Wickwire)가 편집한 책들 『네 가슴에 그것을 써라
(Write It on Your Heart)』(1989), 『자연의 힘(Nature Power)』(1992) 때문이
다. 이들은 원주민 서사를 영어로 옮기되 그것들을 문어화(文語化)
하지 않고, 원래의 리듬과 구문을 가능한 한 정확히 살려 옮김으
로써 원주민 구어를 있는 그대로 전달하려 했다.

　투른에 따르면 토머스 킹은 이들이 편집한 책과 녹음테이프

를 듣고, 원주민 구어 서사의 놀라운 힘과 기술에 "한 방 얻어맞은"(Toorn, p.37) 느낌이 들 정도로 강한 영향을 받았으며, "음성의 조각들"을 자신의 단편 형식(short-story form)에 도입하는 실험을 감행하게 되었다는 것이다(Toorn, pp.36~37 참조). 토머스 킹은 타자의 언어인 영어로 텍스트를 쓰되, 그것에 원주민 구어를 들이댐으로써 규범 언어의 규칙을 교란시키고 그 권위를 훼손하는, 이런 의미에서 텍스트 바깥에 있는 또 하나의 트릭스터·코요테나 다름없다.

재미있는 것은 그가 다양한 전략을 통해, 어찌 보면 '포스트모던적인(postmodern)', 전복의 수사학을 유감없이 발휘하면서도 다수의 모더니스트와 포스트모더니스트가 그러했던 것처럼 서사성(narrativity)을 약화시키지는 않는다는 것이다. 서사성을 약화시키기는커녕 그는 그것을 더욱 강화한다. 그에게 서사는 원주민 정체성에 자신을 더욱 깊게 뿌리박게 하는 원동력이자, 원주민의 입장에서 내적 식민지의 현실을 전유하는, 포기할 수 없는, '근본 형식'이기 때문이다.

토머스 킹의 이와 같은 전복의 수사학은 우리가 분석한 『이야기』뿐만 아니라, 그의 다른 장편소설들에서도 다양한 방식으로 반복된다. 그의 소설을 포스트모더니즘으로 간주하건 아니면 재현 중심의 리얼리즘에 토대하되 그것에 다양한 실험을 가미한 것으로 간주하건 간에, 그의 소설이 유럽 중심의 정치학에 도전하고 있으며, 유럽 중심이라는 내적 식민지의 로고스에 대한 강력한 저항이고 해체를 지향하고 있다는 점에서는 의문의 여지가 없는 것이다.

이런 의미에서 그의 손은 원주민 정체성이라는 운전대 위에 있지만, 그의 차는 유럽 중심 담론이라는 골리앗을 향해 달려가는 다윗과도 같다. 그의 다윗은 그러나 돌팔매 대신 코요테의 변신·유희·야유 그리고 조롱으로 가득 차 있고, 『이야기』는 이와 같이 재현을 목적으로 하되, 전복의 수사학을 전략으로 삼은, "한 좋은 이야기, 그 이야기"인 것이다.

주석

제1장 내적 식민지와 성의 정치학: 비어트리스 컬리턴의 『에이프릴 레인트리를 찾아서』

1) 이 글에서는 원주민의 개념을 캐나다에 거주하는 원주민(the aboriginal or indigenous people in Canada)으로 제한해서 사용한다. 캐나다에서 원주민은 주로 세 부류로 분류된다. 즉 우리가 '에스키모'라고 알고 있는 '이누이트(Inuit)'부족, '인디언'이라 불려왔으며 캐나다 전역에 거주하는 '퍼스트 네이션스(First Nations)', 초기 유럽의 이주자들, 특히 프랑스계 백인과 인디언 사이의 혼혈인 '메티스(Métis)'가 그들이다.

2) Beatrice Culleton, *In Search of April Raintree*, Critical edition, Ed. Cheryl Suzack, Winnipeg: Portage & Main P, 1999. 이 작품은 『레인트리』라고 줄여 쓰고, 이 작품에서 인용한 모든 글은 괄호 안에 쪽수만 기록한다. 단 이 책의 후반부에 실린 비평들을 인용할 때는 논자와 글의 제목, 쪽수를 따로 밝힐 것이다.

제2장 문화적 파시즘과 소수 문학: 메릴린 듀몬트의 『진짜 착한 갈색 소녀』

1) 이하 『진짜 착한 갈색 소녀 *A Really Good Brown Girl*』(1996)는 『갈색 소녀』로 축약하고, 이 책에서의 모든 인용은 괄호 안에 쪽수만 밝힌다. 제목에서의 "Brown Girl"은 물론 원주민 출신 소녀를 말한다. 그러나 『제2 시집』제목에 등장하는 "Green Girl(초록 소녀)"과 대조적 의미를 살리기 위해 문자 그대로 "갈색 소녀"라 옮긴다.

제3장 내적 식민지와 텍스트의 정치학: 지넷 암스트롱의 『슬래시』

1) Jeannette Armstrong, *Slash*, Penticton, B.C.: Theytus Books, 2007. 이하 이 작품에서 인용한 글은 괄호 안에 쪽수만 기록한다.

2) 이에 관해서는 약간 설명이 더 필요하다. 캐나다 원주민 문학의 전통은 멀게는

19세기까지 거슬러 올라가지만, 구술문학의 전통을 넘어 현대적인 의미의 소설이 원주민 출신 작가에 의해 본격적으로 등장하기 시작한 것은 아무래도 컬리턴의 『에이프릴 레인트리를 찾아서*In Search of April Raintree*』가 출판된 1983년 이후이다. 투른은 이런 의미에서 『에이프릴 레인트리를 찾아서』를 "(캐나다) 원주민 작가에 의해 출판된 최초의 현대 소설"(Toorn, 37쪽)이라고 간주한다. 루츠(Hartmut Lutz)가 『에이프릴 레인트리를 찾아서』 보다 2년 늦게(1985) 출판된 『슬래시*Slash*』를 "캐나다 원주민 여성이 쓴 최초의 소설'로 간주하는 것은 (컬리턴 역시 여성임을 감안할 때) 착오이거나, 아니면 컬리턴이 순수 원주민이 아니라 프랑스계와의 혼혈 원주민(Métis)임을 염두에 두어서 그런 것일 수도 있다.

3) 국가 단위의 정체성과 부족들 공통의 단일한 문자언어를 소유하지 못했던 북미 원주민들의 식민화 과정의 특수성에 대한 설명은, 졸고 「전복의 수사학: 토머스 킹의 『한 좋은 이야기, 그 이야기』」, 「영미문화」 제9권 3호: 2009. 141~142쪽 참조할 것.

4) 실제로 이 목표는 나름 일정한 성취를 이루었는데, 이는 『슬래시』가 캐나다뿐만 아니라 미국 등 여러 나라에서 각종 학교의 교재로 사용되고 있다는 사실이 증명한다.

5) 이에 관해서는 졸고, 「전복의 수사학: 토머스 킹의 『한 좋은 이야기, 그 이야기』」 참조할 것.

제4장 경계와 헤게모니: 리 매러클의 『레이븐송』

1) 이하 이 작품의 모든 인용은 Women's P에서 나온 2017년판을 이용하고 쪽수만 기록한다.

제5장 유배당한 자들의 서사전략, 그리고 전복의 수사학
제1절 토머스 킹의 『캐나다 인디언의 짧은 역사』

1) 2011년 당시 국내에 발표된 토머스 킹에 대한 연구는 졸고, 「전복의 수사학: 토머스 킹의 『한 좋은 이야기, 그 이야기』」, 『영미문화』 제9권 3호, (2009)가 유일하다. 또한 캐나다 원주민 문학에 대한 국내 연구 또한 거의 전무해 졸고 「내적 식민지, 판타지, 그리고 성의 정치학: 컬리턴의 『에이프릴 레인트리를 찾아서』」, 「영미문학연구」 14호 (2008)와 「내적 식민지와 텍스트의 정치학: 암스트롱의 『슬래시』 읽기」, 「영어영문학연구」 제36권 3호 (2010) 등이 있을 뿐이다.

2) 컬리턴의 『에이프릴 레인트리를 찾아서』(1983)와 암스트롱의 『슬래시』(1985)

가 대표적인 예가 될 것이다.

3) Thomas King, *A Short History of Indians In Canada*, Toronto: Harper Collins, 2005. 이하 『짧은 역사』라고 줄여 쓰고 이 작품에서 인용한 모든 글은 괄호 안에 쪽수만 기록한다.

4) 기러기는 캐나다 전역에서 흔히 발견되는 새로 캐나다의 국조(國鳥)다. 스티븐이 토론토 시내에서 부딪힌 것이 (원주민의 상징인) 독수리가 아니고 기러기라는 사실은, 원주민이 이제 캐나다에서 더 이상 주류 집단이 아님을 비유하는 것이다. "토론토에는 독수리가 없다"(71쪽)는 본문의 다른 진술과 연결해보라.

제2절 토머스 킹의 『한 좋은 이야기, 그 이야기』

1) 원주민 문학의 전통이 글보다는 말에 뿌리박고 있으며, 현재 활동하는 다수 원주민 출신의 작가들이 그들의 구전적(口傳的) 전통에 집착하는 이유도 이런 맥락에서 이해할 수 있을 것이다.

2) 이런 점에서 탈식민주의 이론을 원주민 문학의 분석에 기계적으로 적용하려는 시도들은 나름 주의를 요한다. 탈식민주의 이론으로 원주민 문학을 대하는 것의 여러 문제점에 대한 지적으로는 Dudek, 89~108쪽 참조할 것. 또한 이런 맥락에서 북미원주민의 세계를 탈식민화의 경험이 있는 '제3세계' 국가들과 구별하여, '제4세계'라고 부를 수도 있을 것이다. 이에 관해서는 George Manuel and Michael Posluns, *The Fourth World: An Indian Reality*, New York: The Free P, 1974. 참조할 것.

3) Thomas King, *One Good Story, That One*, Toronto: Harper Perennial Canada, 1993. 이 소설집에는 동일 제목의 표제작을 포함하며 모두 10편의 단편들 실려 있다. 이하 『이야기』로 줄여 쓴다.

4) 이런 점에서 북미원주민 문학은 미국계 흑인 문학과 유사한 접경(接境)에 서 있다. 아프리카 신화에 흔히 등장하는 트릭스터인 "Signifying Monkey"의 개념을 이용해 흑인 문학의 유희적·해체적 성격을 설명한 Henry Louis Gates Jr., *The Signifying Monkey: A Theory of African-American Literary Criticism*, New York: Oxford UP, 1989. 참조할 것.

5) 캐나다 기숙학교의 역사와 현실 그리고 문제점에 대한 간단한 요약은 Jan Hare and Jean Barman, *"Aboriginal Education: Is There a Way Ahead?"*, David Long and Olive Patricia Dickason, ed. *Visions of the Heart: Canadian Aboriginal Issues*, Scarborough: Thomson, 1998, pp.331~360 참조할 것.

6) 이 소설뿐만 아니라 캐나다 원주민의 다른 구전 서사에서도 코요테는 자주 조

물주로 등장한다.

7) 이질언어성, 다성성 개념을 중심으로 토머스 킹의 다른 소설을 분석한 예로는 Smith, pp.515~534 참조할 것.

참고문헌

제1장 내적 식민지와 성의 정치학: 비어트리스 컬리턴의 『에이프릴 레인트리를 찾아서』

Mosionier(Culleton), Beatrice, *In Search of April Raintree*. Critical Edition. Ed. Cheryl Suzack. Winnipeg: Portage & Main P, 1999.

Cumming, Peter, "'The Only Dirty Book': The Rape of *April Raintree*," *In Search of April Raintree*. Critical Edition. Ed. Cheryl Suzack. Winnipeg: Portage & Main P, 1999.

Emberley, Julia V., *Thresholds of Difference: Feminist Critique, Native Women's Writings, Postcolonial Theory*, Toronto: U of Toronto P, 1993.

Fanon, Frantz. *Black Skin, White Masks*. Tr. Markmann, Charles Lam, New York: Grove Weidenfeld, 1967.

Hoy, Helen, "'Nothing but the Truth': Discursive Transparency in Beatrice Culleton," *In Search of April Raintree*, Critical Edition. Ed. Suzack, Cheryl, Winnipeg: Portage & Main P, 1999.

Krupat, Arnold, *The Voice in the Margin: Native American Literature and the Canon*, Berkley: U of California P, 1989.

Long, David and Dickason, Olive Patricia, *Visions of the Heart: Canadian Aboriginal Issues*, Toronto: Thomson, 1993.

Ed. New, William H., *Native Writers and Canadian Writing*, Vancouver: UBC P, 1990.

Petrone, Penny, *Native Literature in Canada: From the Oral Tradition to the Present*, Toronto: Oxford UP, 1990.

Ed. Silvera, Makeda, *The Other Woman: Women of Colour in Contemporary Canadian Literature*, Toronto: Sister Vision P, 1995.

Toorn, Penny Van, "Aboriginal Writing," *The Cambridge Companion to Canadian Literature*, Ed. Kröller, Eva-Marie, Cambridge: Cambridge UP, 2004.

Waldram, James and Herring, D. Ann and Young, T. Kue, *Aboriginal Health in Canada: Historical, Cultural, And Epidemiological Perspectives*, Toronto: U of Toronto P, 2006.

제2장 문화적 파시즘과 소수 문학: 듀몬트의 『진짜 착한 갈색 소녀』

오민석, 「내적 식민지, 판타지, 그리고 성의 정치학: 컬리튼의 『에이프릴 레인트리를 찾아서』」, 『영미문학연구』 14호 (2008): 141~142쪽.

Andrews, Jennifer, "'Among the Word Animals': A Conversation with Marilyn Dumont," *Studies in Canadian Literature*, 29.1 (2004): pp.146~160.

_____, "Irony, Métis Style: Reading the Poetry of Marilyn Dumont and Gregory Scofield," *Canadian Poetry*, 50 (2002): pp.6~31.

Beard, Laura, "Playing Indian in the Works of Rebecca Belmore, Marilyn Dumont, and Ray Young Bear," *American Indian Quarterly*, (2014): pp.492~511.

DeHaan, Cara, "'Exorcising a lot of shame': Transformation and Affective Experience in Marilyn Dumont's *Green Girl Dreams Mountains*," Scl/Elc, 34-1 (2009): pp.227~247.

Delueze, Gilles and Guattari, Félix, *Kafka: Toward a Minor Literature*, Tr. Polan, Dana, Minneapolis: U of Minnesota P, 1986.

Dumont, Marilyn, *A Really Good Brown Girl*, London: Brick Books, 1996.

_____, *That Tongued Belonging*, Wiarton: Kegedonce P, 2007.

Fagon, Kristina and McKegney, Sam, "Circling the Question of Nationalism in Native Canadian Literature and its Study," *Review: Literature and Arts of the Americas*, 41-1 (2008): pp.31~42.

Fanon, Frantz, *The Wretched of the Earth*, Tr. Farrington, Constance, New York: Penguin Books, 1985.

Hulan, Renée, "Cultural Contexts for the Reception of Marilyn Dumont's *A Really Good Brown Girl*," *Journal of Canadian Studies*, 35-3 (2000): pp.73~96.

Liu, John, "Towards an Understanding of the Internal Colonial Model," *Postcolonialism: Critical Concepts*, vol.4, Ed. Brydon, Diana, London: Routledge, 2000.

Voyageur, Cora J, "Contemporary Aboriginal Women in Canada," *Visions of the*

Heart: Canadian Aboriginal Issues, Ed. Long, David and Dickason, Olive Patricia, Nelson: Thomson, 1998.

제3장 내적 식민지와 텍스트의 정치학: 지넷 암스트롱의 『슬래시』

오민석, 「전복의 수사학: 토머스 킹의 『한 좋은 이야기, 그 이야기』」, 『영미문화』 제 9권 3호 (2009): 141~142쪽.

Armstrong, Jeannette, *Slash*, Penticton: Theytus Books, 2007.

Currie, Noel Elizabeth, "Jeannette Armstrong & the Colonial Legacy," *Native Writers and Canadian Writing*, Ed. New, William H., Vancouver: UBC P, 1990, pp.138~155.

Dudek, Debra, "Begin With the Text: Aboriginal Literatures and Postcolonial Theories," *Creating Community: A Roundtable on Canadian Aboriginal Literature*, Ed. Eigenbrod, Renate and Episkenew, Jo-Ann, Penticton: Theytus Books, 2002, pp.89~108.

Fee, Margery, "Upsetting Fake Ideas: Jeannette Armstrong's *Slash* and Beatrice Culleton's *April Raintree*," *Native Writers and Canadian Writing*, Ed. New, William H., Vancouver: UBC P, 1990, pp.168~180.

Ed. Kröller, Eva-Marie, *The Cambridge Companion to Canadian Literature*, Cambridge: Cambridge UP, 2004.

Krupat, Arnold, *The Voice in the Margin: Native American Literature and the Canon*, Berkeley: U of California P, 1989.

Lukács, Georg, "The Ideology of Modernism," *The Lukács Reader*, Oxford: Blackwell, 1995.

Lutz, Hartmut, *Contemporary Challenges: Conversations with Canadian Native Authors*, Saskatoon Saskatchewan: Fifth House Publishers, 1991.

Petrone, Penny, *Native Literature in Canada: From the Oral Tradition to the Present*, Toronto: Oxford UP, 1990.

Toorn, Panny Van, "Aboriginal Writing," *The Cambridge Companion to Canadian Literature*, Ed. Eva-Marie Kröller, Cambridge: Cambridge UP, 2004.

Vološinov, Valentine N., *Marxism and the Philosophy of Language*, Tr. Matejka, Ladislav and Titunik, I. R., Cambridge: Harvard UP, 1986.

제4장 경계와 헤게모니: 리 매러클의 『레이븐송』

오민석, 「내적 식민지, 판타지, 그리고 성의 정치학: 컬리턴의 『에이프릴 레인트리를 찾아서』」, 『영미문학연구』 14 (2008): 5~43쪽.

Aurylaite, Kristina, "Living Racial B/Order in First Nations Canadian Novels: Richard Wagamese's *Keeper'N Me* and Lee Maracle's *Ravensong*, *Journal of Borderlands Studies* 25.1, 2011, pp.81~98.

Bakhtin, M. M., *The Bakhtin Reader: Selected Writings of Bakhtin, Medvedev, Voloshinov*, Ed. Morris, Pam, London: Edward Arnold, 1994.

Bakhtin, M. M., *The Dialogic Imagination: Four Essays*. Ed. Holquist, Michael, Tr. Emerson, Caryl and Holquist, Michael, Austin: U of Texas P, 1981.

Bhabha, Homi, *The Location of Culture*, New York: Routledge, 1994.

Brydon, Diana, "Experimental Writing and Reading across Borders in Decolonizing Contexts," *Ariel: A Review of International English Literature*, 47.1-2 (2016): pp.27~58.

Certeau, Michel de, *The Practice of Everyday Life*, Tr. Rendall, Steven, Berkeley: U of California P, 1984.

Dadey, Bruce, "Dialogue with Raven: Bakhtinian Theory and Lee Maracle's *Ravensong*," *Scl/Elc*, 28.1 (2003): pp.109~131.

Kelly, Jennifer, "Coming out of the House: A Conversation with Lee Maracle," *Ariel: A Review of International English Literature*, 25.1 (1994): pp.73~88.

Lefebvre, Henri, *The Production of Space*, Tr. Nicholson-Smith, Donald, Malden: Blackwell Publishing, 1991.

Leggatt, Judith, "Raven's Plague: Pollution and Disease in Lee Maracle's *Ravensong*," *Mosaic* 33.4 (2000): pp.163~178.

Maracle, Lee, *Ravensong: A Novel*, Toronto: Women's P, (1993) 2017.

Rancière, Jacques, *The Politics of Aesthetics*, Tr. Rockhill, Gabriel, New York: Bloomsbury Academid, 2013.

제5장 유배당한 자들의 서사전략, 그리고 전복의 수사학
제1절 토머스 킹의 『캐나다 인디언의 짧은 역사』

Armstrong, Jeannette, *Slash*, Penticton: Theytus Books, 1985.

Mosionier (Culleton), Beatrice, *In Search of April Raintree,* Critical Edition, Ed. Suzack, Cheryl, Winnipeg: Portage & Main P, 1999.

Deleuze, Gilles and Guattari, Félix, *Kafka: Toward a Minor Literature*, Tr. Polan, Dana, Minneapolis: U of Minnesota P, 1986.

Fanon, Frantz, *Black Skin, White Masks*, Tr. Markmann, Charles Lam, New York: Grove P, 1967.

Hetcher, Michael, *Internal Colonialism: The Celtic Fringe in British National Development, 1536~1966.* U of California P: Berkeley, 1975.

King, Thomas, *A Short History of Indians In Canada*, Toronto: Harper Collins, 2005.

Kristeva, Julia, *The Kristeva Reader*, Ed. Moi, Toril, Oxford: Basil Blackwell, 1986.

Long, David and Dickason, Olive Patricia, *Visions of the Heart: Canadian Aboriginal Issues*, Toronto: Thomson, 1993.

Lyotard, Jean-Francois, *The Postmodern Condition: A Report on Knowledge*, Tr. Bennington, Geoff and Massumi, Brian, Minneapolis: U of Minnesota P, 1984.

Vahia, Aditi H., "Purana Narratology and Thomas King: Rewriting of Colonial History in *The Medicine River and Joe the Painter and The Deer Island Massacre*." *The Canadian Journal of Native Studies* 22. 1 (2002): pp.65~80.

Vološinov, Valentine N., *Marxism and The Philosophy of Language*, Tr. Matejka, Ladislav and Titunik, I. R., Cambridge: Harvard UP, 1986.

제2절 토머스 킹의 「한 좋은 이야기, 그 이야기」

오민석, 「내적 식민지, 판타지, 그리고 성의 정치학: 컬리턴의 『에이프릴 레인트리를 찾아서』」, 『영미문학연구』 14 (2008): 5~43쪽.

Dudek, Debra, "Begin With the Text: Aboriginal Literatures and Postcolonial Theories," *Creating Community: A Roundtable on Canadian Aboriginal Literature*, Ed. Eigenbrod, Renate and Episkenew, Jo-Ann, Penticton: Theytus Books, 2002, pp.89~108.

Gates, Jr., Henry Louis, *The Signifying Monkey: A Theory of African-American Literary Criticism*, New York: Oxford UP, 1988.

Hare, Jan and Barman, Jean, "Aboriginal Education: Is There a Way Ahead?" *Visions of the Heart*, Ed. Long, David and Dickason, Olive Patricia, Scarborough: Thomson, 1988, pp.331~360.

Hetcher, Michael, *Internal Colonialism: The Celtic Fringe in British National Development, 1536~1966*, U of California P: Berkeley, 1975.

Jameson, Fredric, *The Political Unconscious: Narrative as a Socially Symbolic Act,* Ithaca:

Cornell UP, 1981.

_____, *Ideologies of Theory II*, Minneapolis: U of Minnesota P, 1988.

King, Thomas, *One Good Story, That One*, Toronto: Harper Perrennial Canada, 1993.

Ed. Kröller, Eva-Marie, *The Cambridge Companion to Canadian Literature*, Cambridge: Cambridge UP, 2004.

Krupat, Arnold, *The Voice in the Margin: Native American Literature and the Canon*, Berkeley: U of California P, 1989.

Long, David and Dickason, Olive Patricia, *Visions of the Heart: Canadian Aboriginal Issues*, Toronto: Thomson, 1993.

Manuel, George and Posluns, Michael, *The Fourth World: An Indian Reality*. New York: The Free P, 1974.

Ed. New, William. H., *Native Writers and Canadian Writing*, Vancouver: UBC P, 1990.

Toorn, Panny Van, "Aboriginal Writing," *The Cambridge Companion to Canadian Literature*, Ed. Kröller, Eva-Marie, Cambridge: Cambridge UP, 2004.

Petrone, Penny, *Native Literature in Canada: From the Oral Tradition to the Present*, Toronto: Oxford UP, 1990.

Ed. Ruffo, Armand Garnet, *(Ad)ressing Our Words: Aboriginal Perspectives on Aboriginal Literatures*, Penticton: Theytus Books Ltd, 2001.

Smith, Carlton, "Coyote, Contingency, and Community: Thomas King's Green Grass, Running Water and Postmodern Trickster," *American Indian Quarterly*, 21.3. (June, 1997): pp.515~534.

Vološinov, Valentine N., *Marxism and The Philosophy of Language*, Tr. Matejka, Ladislav and Titunik, I. R., Cambridge: Harvard UP, 1986.

저항의 방식: 캐나다 현대 원주민 문학의 지평

펴낸날	초판 1쇄 2019년 11월 28일

지은이	오민석
펴낸이	심만수
펴낸곳	(주)살림출판사
출판등록	1989년 11월 1일 제9-210호

주소	경기도 파주시 광인사길 30
전화	031-955-1350　　팩스　031-624-1356
홈페이지	http://www.sallimbooks.com
이메일	book@sallimbooks.com

ISBN	978-89-522-4164-1　　03800

※ 값은 뒤표지에 있습니다.
※ 잘못 만들어진 책은 구입하신 서점에서 바꾸어 드립니다.
※ 각각의 그림에 대한 저작권을 찾아보았지만, 찾아지지 못한 그림은
　저작권자를 알려주시면 그에 맞는 대가를 지불하겠습니다.
※ 이 도서는 한국출판문화산업진흥원의 '2019년 우수출판콘텐츠 제작
　지원' 사업 선정작입니다.

이 도서의 국립중앙도서관 출판시도서목록(CIP)은 서지정보유통지원시스템 홈페이지
(http://seoji.nl.go.kr)와 국가자료공동목록시스템(http://www.nl.go.kr/kolisnet)에서
이용하실 수 있습니다.(CIP제어번호: CIP2019046166)

책임편집·교정교열 **최정원**